이게 다 외로워서 그래

도시인의
만물외로움설
에세이

이게 다 외로워서 그래

오마르 지음

막잔 하고 가라...

일러두기

이 책의 맞춤법과 외래어 표기는 국립국어원의 용례를 따랐으나
저자 고유의 글맛을 살리기 위해 일부 표기는 그대로 두었습니다.

외로움이라고 열 번 발음해 본다. 어떤 단어든 열 번 정도 육성으로 뱉으면 다섯 번째 혹은 여섯 번째부터 단어의 의미가 희미해지고 고유의 질감이 흐려진다. 열 번째가 되면 아무 융기 없이 평평하고 입에 담아도 아무 맛이 안 나는, 그저 세상에 있다는 느낌 정도밖에 주지 못하는 단어가 된다. 그런 외로움을 이야기하려고 한다. 그리 좋지도 썩 나쁘지도 않은 그것, 외로움에 관해서.

그게 외로워서 그래요 ㄴ

무슨 짓을 해도 외로운 당신

살아있는 건 다 외로운 거야

안 외로운 방법이 없다

외로워서 좋은 거 같았는데 안 죽고 살아있었습니다

외롭습니까? 외롭습니다

혼자 또렷 외로움 네게

외롭다도 쓰더도

외롭지 사운드

외롭지 외로리

안녕하세요 외로움입니다

외스트랑크 피터크스

외랑되지아

외스트사이드 스토리

외이리 외롭나

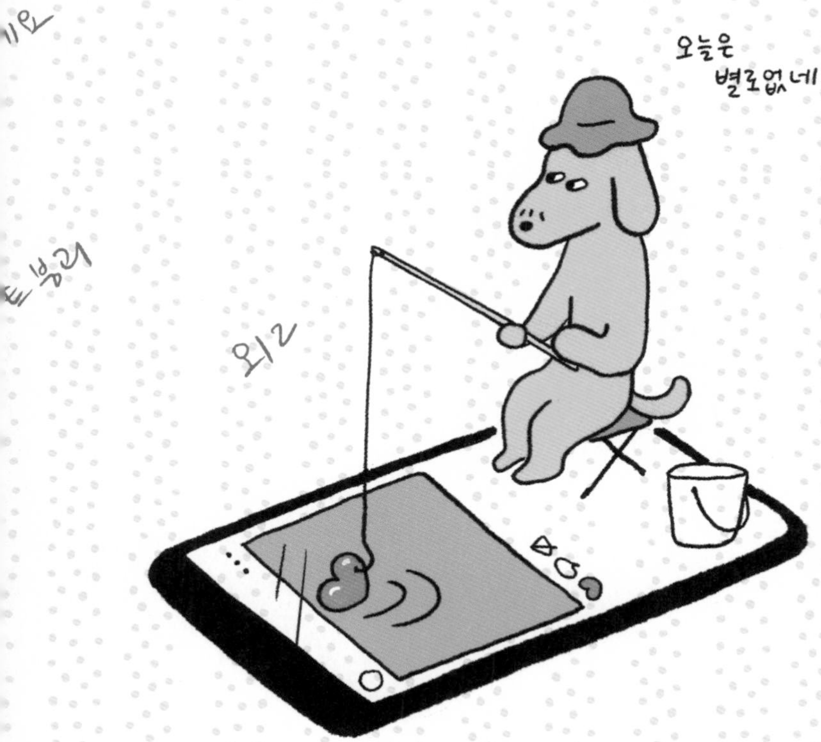
오늘은
별로없네...

차례

1장. AM 2:00 외로움을 엄지로 쓸어올리며

이불 속에 누워 SNS에 올라오는 사진들을 본다. 새로 산 옷 인증, 요즘 핫한 가게 방문 인증, 오늘자 운동 인증. 자연스러운 일이라고 생각한다. 나 역시 그럴 때가 있으니까. 결국은 그게 각자의 외로움을 인증하는 일이 아닌가 싶다. 새로 고침을 하지만 다음 사진도 새로울 것은 없다. 사진 속 외로움들의 자기 좀 알아봐 달라는 아우성. 새벽은 조용히 소란하다.

가만히 있는 것은

얼마나 위대한 일인가

2022년 2월, 장기하가 새 앨범을 냈다. 그중 트랙리스트를 공개할 때부터 궁금했던 곡이 있었다. 가만있으면 되는데 자꾸만 뭘 그렇게 할라 그래. 곡 제목이다. 제목뿐 아니라 가사에서도 이 한 구절만을 반복한다. 충분히 실험적인 사운드가 가사 때문에 그리 실험적으로 들리지 않았다. 가만있으면 되는데 자꾸만 뭘 그렇게 할라 그래.

　그 한 구절은 그동안 연극적으로 살아왔던 내게 깊은 창피함을 선사했다. 나대고는 싶지만 또 마냥 가볍게 보이기는 싫어서 나대는 와중에도 내가 가볍기만 한 사람이 아니라는 신호를 말 밑에 깔아 사람들이 알아보길 바라고, 뭐든 개의치 않는 시원시원한 사람을 연기하면서 속에선 그런 자신을 지독하게 관리 감독하는 나를 들킨 기분이 들었다. 나 자신도 한 겹씩 벗겨낼 수 없을 만큼 여러 겹의 가식으로 똘똘 말려 있는 마음 전체가 쇠꼬챙이로 단번에 푹 뚫리는 느낌이었다. 그러게, 가만있어도 되는데 왜 자꾸만 뭘 그렇게 할라 그럴까.

불안해서. 사는 내내 가만히 있을 수가 없었다. 내가 얼마나 재미있으면서도 진지한 사람인지, 함께 시간을 쓸 만한 가치가 있는 사람인지를 끝없이 피력했다. 이제 와서 그게 공허한 짓이었다고 말할 수는 없다. '같이 있으면 재미있는 사람', 그게 내가 살면서 얻은 가장 큰 트로피이기도 하고, 그런 내가 정말로 좋기도 했으니까.

다만 요즘에는 그렇게 행동하는 게 좀 피로하다. 예전엔 쉬지 않고 입을 놀리는(물론 위트는 있어야 한다) 친구들이 나 같아서 좋았다. 지금은 나 같아서 별로다. 예전엔 그 친구들에게서 유쾌함을 봤지만 이젠 그 아래 깔린 불안을 보게 된다. 그래서 좀 피하고 싶다. 징그럽게 나 같아서.

이게 다
외로워서 그래

혼자 있을 때도 마찬가지다. 가만히 있기가 힘들다. 누군 가와 함께 있을 땐 말이건 행동이건 뭔가를 끊임없이 몸 밖으로 내놓아야 직성이 풀렸는데, 혼자 있을 땐 계속 무언가에, 주로 화면 속 내용에 정신을 내어주고 있어야 마음이 놓인다. 무엇과도 연결되어 있지 않고 오롯이 혼자 존재하는 순간을 견디지 못하게 된 것 같다. 그냥 숨만 쉬고 있는 경우는 거의 없다. 몰라도 좋을 정보나 친하지도 않은 사람들의 시답잖은 소식들을 끝없이 눈으로 빨아들여 머릿속에 꼭꼭 채운다. 어떤 빈 공간도 남겨두지 않는다.

누가 스타벅스에 갔다가 한 남자가 스마트폰도, 이어폰도, 노트북도, 심지어 책도 없이 가만히 앉아 커피만 마시고 있는 모습을 봤는데 꼭 사이코패스 같았다고 한 농담을 읽었다. 그 농담 역시 가만히 있지 못해 스마트폰 화면을 보다가 읽었다. 마지막으로 가만히 앉아만 있었던 때가 언제였나 기억을 더듬어본다. 버스 창밖을 보며 가만히 앉아 있던 중학생 때의 나는 도무지 내가 아닌 것 같다. 나도 그토록 오롯이 의젓할 수가 있었다니.

작년 7월, 이사를 한 직후 테라스에 마련된 작은 텃밭에 이것저것을 심었다. 상추, 깻잎, 민트, 로즈메리 등. 날이 추워진 이후로는 테라스에 나갈 일이 거의 없었다. 제법 따뜻해진 3월, 봄맞이로 빤 이불을 널러 나갔다가 그때까지 살아 있는 식물들을 만났다. 겨우내 물 한번 제대로 준 적이 없는데도 그들은 거기 가만히 살아 있었다. 조금 힘없이 웅크리고는 있지만 초록 빛깔은 잃지 않은 채로. 약간 뭉클할 지경이었다.

　　그날 난 정말이지 절절한 마음으로 그 식물들처럼 되고 싶다고 생각했다. 가만히 있는 것은 얼마나 경이로운가. 누가 봐주건 말건 나로서 있는 그대로 존재하고, 그뿐인 것은 얼마나 위대한 일인가.

이게 다
외로워서 그래

이게 다 불안해서 그래

뻔하고

당연한 것

그 장면이 기억 속에 남아 있다. 그때 나는 평소 자주 가는 식당에 앉아 있었다. 여느 때처럼 틀어놓은 가게의 TV에서 뉴스가 흘러나오고 있었다. CCTV 화면 속 행인이 배터리가 다 떨어진 장난감 로봇처럼 픽 하고 쓰러지는 화면. 중국에서 코로나19에 걸린 사람이 어떤 전조증상도 없이 길을 걷다 갑자기 쓰러지는 모습이었다.

당시 내가 그랬듯 세상 사람 대부분이 일상적인 시간을

020

보내고 있었을 것이다. 그날의 뉴스가 자신이 살고 있는 지금의 삶과 관계가 있을 거라 생각한 사람이 얼마나 있었을까? 나는 아니었다. 큰 난리처럼 보도되지만 늘 그렇듯 곧 흐지부지 지나가고 말 사건이라 생각했다. "세상에, 참 별일이네." 그런 소감을 끝으로 무심하게 식사를 이어갔다.

이후 그 식당은 코로나로 영업시간 단축과 휴업을 반복하다 현재는 폐업했다. 젊은이들이 한 시즌 좋아하고 마는 음식을 파는 식당도 아니었다. 크게 감탄할 것도 딱히 흠잡을 것도 없는 한식당이었다. 동네마다 하나씩 있는, 못해도 10년은 거뜬히 거기 있었을 듯한 식당. 갑자기 대박이 나서 확장할 것도, 난데없이 쫄딱 망할 것도 없이 거기 그 모습으로 당연히 있어야 하는 것인데, 그런 게 사라진 것이다. 뻔하고 당연한 것. 코로나 바이러스가 세상을 덮쳤고 우리는 그런 뻔하고 당연한 것들을 상실하게 되었다.

세상은 우리에게 서로 떨어지라고 했다. 살기 위해 그렇게 해야 한단다. 왜 그래야 하는지는 이해할 수 있었다. 치명적인 바이러스에 걸려 목숨을 잃으면 다음 같은 건 없지. 다만 시대가 권하는 살아 있음과 내가 실천해 온 살아 있음이 너무 달랐다. 시대가 권하는 대로 살아보니 알 수 있었다. 나는 언제나 사람들과 붙어 있기 위해 살아왔다는 것을.

단 한 순간도 그러지 않은 적이 없다. 내 삶의 많은 불확실성 속에서 그것만은 굳건한 진실이다. 정말이지 나는 사람들 곁으로 가기 위해서만 살았다. 언제, 어디로 걸음을 옮겨도 그건 사람들을 향해 있었다. 무언가를 배우고, 연습하고, 좋은 습관을 들이고, 돈을 벌고, 또 돈을 써서 뭘 하려고 했느냐 하면 다른 게 없다. 끝에는 단지 사람들에게 가까이 가고자 했다. 살기 위해 떨어지라니. 나는 붙어 있기 위해 살아왔는데.

길을 잃었다고 생각했는데 사실은 목적지를 잃었던 것이다. 목적지가 없는데 어느 방향으로 걷든 무슨 의미가 있나. 하지만 목적지가 없어져도 당장은 걸어야 하는 게 삶이어서 계속 터덜터덜 걸었다. 마치 며칠 밤을 새워 공부하고 시험 날엔 전혀 엉뚱한 내용뿐인 시험지를 받은 기분이었다. 문제들을 하나씩 훑어보는데 어디부터 어떻게 손을 대야 할지 감도 잡히지 않는 것이다. 억울함에 그렁그렁 눈물은 차오르는데 시험은 계속 치를 수밖에 없다. 그런 끝도 없이 밀려오는 막막함을 느꼈다. 그 기분이 '코로나 블루'였다는 건 후에 신조어에 대한 뉴스를 통해 알게 되었다. 그렇게 흐른 시간이 무려 2년하고도 몇 달이다. 영업 제한이 모두 풀린 그날 밤, 나는 홀로 걸으며 친구들과 추억을 나눴던 동네 구석구석의 가게들이 있는 골목을 한참 둘러봤다. 걸으면서 생각했다. 우리가 그런 가혹한 시간을 지나왔다는 것을.

삶의 이런저런 좌절도 다 이겨냈는데 떨어져 살라는 건 왜 그토록 극복이 안 됐던 걸까. 그 시절이 조금씩 지나가고 있어서인지 이제는 제법 차분한 마음으로 나와 나 같았을 이들에게 위로를 건넨다. 그건 분명 누구도 겪어본 적 없는 근원적인 난처함이었다고. 한없이 주저앉았던 우리가 나약했다고 말하기에는 살기 위해 떨어지라는 세상의 그 제안이라는 게 참 해도 해도 너무하지 않았느냐고.

사랑은 언제나

애증의 왼쪽 얼굴

나의 나쁜 면들에 대해 털어놓고자 한다.

오래전 여러 가지로 참 힘들었던 때, 왜 그렇게 말싸움에 지기 싫었는가 하면 돈이 없어서, 그냥 돈이 없어서였다. 돈이 없어서라고 말하면 좀 쓸쓸하지만 결국 오늘은 쪼들리고 내일은 불안한 상태여서 그랬다는 거다. 그러니 돈 말고 딱히 다른 이유라고 말할 것도 없다. 그 시절 나는 돈이 없어 성질이 더러웠고 말싸움에 지기 싫었다. 그땐 말싸움 좀 져주면 큰일이라도 나는 줄 알았다. 사과조차 여유가 있어야 가능하다는 걸 몰랐다.

언젠가 가장 좋은 배려란 내가 잘 사는 거라는 말을 들은 게 기억이 난다. 타인에게 뭔가를 해주고 자시고 할 것도 없다. 그저 무고한 남들에게 괜한 성질 부릴 일 없게 내가 잘, 괜찮게 살면 그게 배려라는 말. 얼굴 화끈거리게 하는 나의 옛 시절이 떠올라 그 말이 마음을 때린다.

돈이라는 걸 조금 벌어보니 이번엔 능력 있고 근사한(아무튼 겉으로는 그렇게 보이는) 사람들을 인맥이랍시고 열심히 주워 담는 기회주의자들을 만나게 되었다. 그들이 마냥 싫은가 하면 그게 또 아닌 것이 문제였다. 예전 같았으면 내게 눈길조차 주지 않았을 사람들이 친한 척을 해오면 속으로는 그를 경멸하면서도 한편 뿌듯하기도 했다. 기꺼이 그의 액세서리가 되어주는 천박한 방식으로 나의 가치를 확인하고 집에 돌아오는 길이면, 제삼자가 된 것처럼 내 모습을 비웃었다.

그게 끝이냐 하면 아니지, 다른 자리에 가서 그들을 깎아내리기도 했다. 나는 뒷담화를 자주 한다. 이렇게 말하면 자긴 그런 거 전혀 안 한다는 듯이 '그것 참 최악이네요' 식의 반응을 하는 사람들을 본다. 글쎄, 나는 아직 살면서 뒷담화 안 하는 사람을 한 번도 본 일이 없다. 물론 자기가 하는 뒷담화는 뒷담화가 아닌 다른 어떤 것이라 굳게 믿고 있는 이들은 종종 만나게 되지만. 아무도 미워하지 않으면서 사는 건 엄청난 여유와 용기가 필요하다. 도대체 얼마만큼? 가늠이 잘 안 된다.

지금도 몇몇을 미워하며 살고 있다. 매 순간 씩씩거리고 있지는 않지만 잊고 살다가 내 안의 미움을 한 번씩 발견하게 된다. 특히 혼자 있을 때 사람들 앞에선 절대 할 수 없는 말들을 중얼거릴 때가 있는데, 보통 어떤 사람에 대한 견해인 경우가 많다. 내용은 보통 나쁘거나, 부끄럽거나, 이상하다. 후련해지기보다는 스스로 놀라게 되는 혼잣말이다. 내가 그 사람을 이렇게 생각하고 있었다고? 입이 그렇게 움직이기는 했지만 진실은 알 수 없다. 나는 좀체 나 자신에게도 솔직하게 다 털어 놓고 살고 있지 못한 것 같다. 그런 자신이 한 번씩 너무 너무 이상한 사람처럼 느껴지기도 하고.

솔직하다는 게 가능은 할까. 늘 얼핏 솔직해 보이지만 실은 제일 그럴싸한 말들만 꺼내 놓으며 그런 나를 제법 담백한 인간이라고 속이고 산다. 아주 능숙하게. 남들도 그렇지 않을까? SNS를 볼 때 그 생각은 확신에 가까워지곤 한다. 'SNS가 이래서 싫다, 이게 문제다, 이제 정말 그만할 거다' 같은 말은 아이러니하게도 늘 '저 사람 SNS 없으면 대체 어떻게 살았을까?' 싶은 사람들이 한다. 저처럼 자기 자신과 잘 안 맞으신가 보군요. 극심한 의견 차를 보이고 계신 것 같습니다.

당연한 말이지만, 결국은 다들 보여줄 수 있는 데까지만 보여줄 수 있다. 내 안의 별로 멋지지 않은 면을 꺼내 보고자 글을 시작했으나 이 글은 사실 많은 검토를 거친 후 내놓아도 그다지 문제가 없겠다는 검증을 완료한 이야기들이다. 사랑은 언제나 애증의 왼쪽 얼굴이다. 오른쪽에 대해서는 아무도 이야기하지 않는다.

그곳에

빼빼로가 있었다

난 내가 꽤 재미있는 사람이라는 생각을 한다. 스스로를 재밌다고 소개하는 이들이 정말로 재미있을 가능성은 별로 없다는, 경험치로 쌓인 편견을 갖고 있는데, 그럼에도 일단은 그렇게 말해본다. 나는 말로 남을 웃기는 재주가 있다. 말로 남을 웃길 수 있다는 것은 말을 잘한다는 것과 같은 뜻이라고 생각한다. 말로 웃기는 걸 잘하면 다른 여러 장르의 말하기도 준수하게 해낼 수 있는 거 아닌가 싶다. 결국은 내가 꽤 말을 잘한다는

028

이게 다
외로워서 그래

이야기다. 적어도 말로 먹고살 수 있는 정도로는. 여태 나의 말재주는 랩의 가사가 되고 유튜브 콘텐츠의 대본이 되고 책이 되어 나를 먹여 살렸다. 그 시작에 무엇이 있었냐 하면은,

빼빼로가 있었다.

어릴 적 두 누나와 나는 많은 것이 달랐다. 지금이야 큰누나와 작은누나가 각자 다른 사람으로 느껴지지만, 당시엔 둘을 묶어 '누나들'과 '나'라고 해도 좋을 만큼 둘은 서로 비슷했고 나와는 중요한 차이점이 있었다. 덩치(둘은 작다), 피부색(둘은 하얗다) 그리고 성적. 당시 나는 누나들과 내가 서로 다른 게 아니라 내 쪽이 틀렸다고 느껴졌다. 학생에게 몇 학년이냐고 묻기에 앞서 공부 잘하냐고 물어봐도 이상할 게 없던 90년대 초반이었고 나는 '다르다'와 '틀리다'의 의미를 구별할 줄 모르는 나이였다. 일찍이 그런 좌절이 있었고, 지금 생각해 보니 역시 그것 때문에,

태권도장에서 도복에 오줌을 쌌던 것 같다. 세상 모든 관장님들이 승합차 옆구리에 적어놓듯 자신감 증진을 위해 다니는 태권도장에서, 왜 자신감이 하락하는 정도가 아니라 소멸될 수준의 참사가 일어난 것인가. 그것도 본 운동 전, '기합 짜기°'

시간에.

고요하고 엄숙한 시간이었다. 난 태권도장에 가기 전에 문구점에서 사 먹은 환타가 말썽이었는지 심한 요의를 느꼈으나, 화장실에 가겠다고 말해서 진지한 분위기를 깰 자신이 없어 참고 또 참았다. 그런데 이 기합이란 게 머리 근처 어디에서 잘못된 건지, 나는 모두의 수련을 방해하며 화장실에 가기보다는 신사적으로 조용히 한두 방울씩 싸서 말리자는 그릇된 결정을 내렸고, 1차 방류에 그만 마지막 한 방울까지 다 쏟아낸 것이다. 기합 짜기 시간에 뭐라도 제대로 짜냈던 건 그때가 처음이자 마지막이었던 것 같다.

그 뒤의 상황은 자세히 서술하기가 힘들다. 관장님이 관원들에게 쟤 왜 저러느냐고 했을 때 내가 더워서 땀이 좀 나는 것 같다고 이상한 말을 했던 것 같고, 또래 여자 관원이 입을 틀어막고 벽 쪽으로 뒷걸음질을 쳤던 것 같다. 빨간 띠 형이 밀대 걸레를 들고 다가오는 장면부터는 진짜로 눈에 땀이 그득그득

○ 단전에서 기합을 끌어올려 태권도를 수련할 수 있는 몸 상태를 만드는 것. 태극권과 약수터 체조의 혼외자식 같은 느린 동작인데 끝에 절도 있는 마무리 손동작과 함께 어잇! 하고 기합을 내지른다. 8단계까지 있는데 뒤로 갈수록 동작은 태권도와 무관해진다. 지금 생각해 보니 관장님이 지어낸 게 분명하다.

이게 다
외로워서 그래

차올라 앞이 잘 보이지 않았다.

그랬다. 그냥 뭐, 자신감이 없어서 오줌을 쌌고 오줌을 싸서 더 자신감이 없어졌다는 이야기다. 체육관엔 내가 다니는 초등학교 친구들도 많이 다녔는데, 관장님이 일러둔 것인지 아이들이 알아서 의리를 지킨 것인지 불행 중 다행으로 학교까지는 소문이 퍼지지 않았다. 비슷한 시기에 교실에서 오줌을 쌌던 친구가 중학교에 가서도 내내 오줌싸개로 불렸던 걸 생각하면, 못돼 처먹은 안도감이 든다.

나는 그 기억을 혼자 안은 채 초등학교 고학년이 되었다. 고학년이 되면 교실은 하나의 사회가 된다. 개개인에게 사회적 역할과 위치가 부여된다. 교실 안에 힘과 권력 구조가 생겨나고 깡패, 지식인, 정치인, 연예인, 언론인, 협잡꾼, 사업가, 광대 같은 역할들이 생겨난다. 이 시기에 한 사람이 처음으로 맡게 되는 역할은 그 뒤의 삶에 지대한 영향을 미친다. 남은 삶을 그 역할로 살아갈 가능성이 매우 높은데, 여기까지 살아보니 우선 내가 그런 것 같다.

결국 어떤 방식으로 자신을 증명하고 사회의 인정을 받느냐 하는 문제인데, 공부, 운동, 외모, 싸움 실력 등이 당시 주목

받는 주요 자질이었다. 나는 그 어디에서도 두각을 드러내지 못했고, 자연스럽게 나만큼 아무 두각을 드러내지 못한 매력 자본의 하층민 친구 둘과 어울리게 되었다. 그 둘을 티몬과 품바라고 하겠다. 물론 그들과 같이 다닌다고 내가 심바였을 리는 없다. 디즈니 만화 밖의 세상에서 심바는 다른 심바들과 어울린다. 아무튼 실제로도 티몬처럼 작고 깡마른 친구 한 명과 품바처럼 크고 뚱뚱한 친구 한 명이었고 난 그들의 중간 정도였는데, 매력 없음은 체중과 관계없이 셋 다 동일했다.

1997년의 초등학교 4학년이라면 무리는 보통 한 성별로 구성된다. 내가 속한 매력 자본의 하위 계층뿐 아니라 중상위 계층도 그랬다. 그 시절 열한 살에게 남녀 간의 대화란 주로 '사무적'이다. 이성을 부를 때는 꼭 성을 붙여 부르고 그 앞에 퉁명스럽게 '야'도 붙여야 한다. "야, 김민철, 선생님이 교무실로 오래", "야, 박정은! 너 오늘 주번이잖아" 같은 식으로. 그래야 내가 너에게 어떤 사적인 감정이 없으며, 심지어 말도 걸고 싶지 않았으며, 이것이 비즈니스에 의한 불가항력적 말 붙임이라는 게 확실해진다. 실은 이성에 대한 호기심과 관심이 폭발하는 시기였는데도 그랬다. 체육시간에 몸만 스쳐도 서로 최선을 다해 싫은 티를 내고 주변에선 못 볼 걸 봤다는 듯 공감 구

이게 다
외로워서 그래

역질을 했다. 서로를 수도원 스타일로 검열하는 그 이상한 분위기의 출처는 어디였을까. 매력 자본의 최상위 계층 아이들을 생각해 볼 때 그 출처는 권력 없음이었던 것 같다. 당시 우리는 할 수 없었고 매력 최상층에게만 허락되어 있던 것은 남녀 간의 자유로운 대화, 어울림이었다. 이름 앞에 '야'도 성도 붙이지 않는 것은 당연했다.

  잘생기고 주먹 잘 쓰는 애, 예쁘고 옷이 매일 바뀌는 애, 축구도 달리기도 잘해서 운동회 때마다 스타가 되는 애, 장기 자랑 때 반 대표로 H.O.T의 춤을 춰서 주목받고 심지어 공부까지 잘하는 애. 그런 애들로 구성된 그룹은 반에서 유일하게 혼성이었다. 뭐든 끝내주는 걸 하나씩 가지고 있는 아이들. 그 무리는 남녀끼리 허물없이 웃고 떠들며 어울렸고 누구도 바깥에서 우리끼리 하듯 서로 야유를 보내지 않았다. 우리는 엄격히 지키고 사는 남녀 간의 경계를 전혀 지키지 않는 그들의 세련됨은 그 자체로 동경의 대상이었다. 실은 나도 여자애들과 어울리고 싶은데. 본심을 감춘 이들끼리 서로를 조롱하는 와중에 그들의 사교 문화는 근사하게 빛났고 그 그룹에 수연이가 있었다.

  아, 감히 성 없이 수연이라고 부르면 안 되니까,

안수연이 있었다.

그 이름이 맞을 거라고 확신한다. 20년이 훌쩍 지났지만. 나는 사람 이름을 잘 기억한다. 사람 이름을 잘 기억한다는 건 그럴 필요가 있는 삶을 살았다는 뜻이다. 드라마나 영화를 봐도 "우리가 같은 반이었나? 아, 미안. 네 이름이 뭐였지?" 같은 대사를 치는 쪽은 잘난 놈들이다. 아쉬운 쪽은 다 기억하고 산다. 아무튼 그래, 수연이가 있었다. 예쁘고, 똑똑하고, 착한. 누구나 좋아할 수밖에 없는 아이였다.

그리고 그 일이 일어난다. 어떤 접점도 생길 것 같지 않던 나와 수연이가 2학기 자리 배정에서 짝꿍이 된 것이다. 무작위 자리 배정은 교실 안에 다양한 비극을 만들어낸다. 내 기억에 티몬의 짝이 된 여자애는 열한 살이 지을 수 있는 표정인가 싶게 모든 걸 내려놓은 얼굴이었고, 품바의 짝은 대놓고 엎드려 흐느꼈다. 나는 뭐랄까, 처음으로 사람이 10여 개의 감정을 동시에 느낄 수 있다는 걸 체감했다. 평생 한 번도 가져본 적 없는 행운이 감사하지만 버겁기도 하고, 뭘 잘못한 건지는 모르겠지만 수연이에게 미안하기도 하고, 매력 최상위 그룹 멤버들에겐 볼품없는 제가 감히 너희의 자랑스러운 친구 수연이 옆자리에 앉게 된 것이 송구하기도 했다. 최대한 덤덤한 표정을 지으려 했지만 덤덤할래야 할 수 없는 일인 걸 상기하고 나니 조금은 좋은 티를 내야 할 것 같은데 그 적절한 선을 몰라 난감하기도 했다. 이름 붙일 수 있는 모든 종류의 감정이 한 번씩 마음을 훑고 지나갔다. 중요한 건 수연이가 크게 싫은 기색을 보이지 않았다는 거다. 좋아한 것도, 수줍어한 것도 아니고 그저 싫은 기색을 안 보였을 뿐인데, 그것만으로 내가 나름 괜찮은 놈이라는 인정을 받은 것 같아 가슴이 부풀었다. 나는 그날 내내 가장 공신력 있는 기관의 검증을 통과한 제품처럼 뿌듯하게 수연이 옆에 진열되어 있었다.

그것으로 조금은 용기가 생겼을까. 나는 수연이와 사무적이지 않은 대화를 해보고 싶어졌다. 원래 공부에는 전혀 관심이 없었으므로 수업시간에도 수연이만 의식하고 있었는데, 수연이가 선생님 말씀을 경청하는 걸 보고 나도 선생님에게 집중했다. 좋아하는 여자애에게 잘 보이고 싶어서 수업에 집중했고 사랑의 힘으로 성적이 올라갔다는, 그런 대견한 결말로 가는 이야기는 아니고, 그냥 수연이가 뭘 듣고 있는지가 궁금해 단지 듣고만 있었다.

선생님은 가끔 수업과 관계없는 이야기를 할 때가 있었

다. 그런 게 교사식 유머인가 싶은데, 늘 말해놓곤 본인이 제일 크게 웃었다. 난 선생님이 유머에는 별 재능이 없다는 결론을 내렸다. 내가 해도 저거보단 웃기겠다는 생각이 들었고, 공부를 잘해서 선생님이 되면 저렇게 교단에 서서 아무렇게나 안 웃긴 소리를 해도 수연이가 집중해 주는 것이구나 생각했다. 배알이 꼴렸던 걸까. 정신을 차려보니 나는 선생님의 말에 수연이만 들을 수 있는 목소리로 대꾸를 하고 있었다. 선생님의 안 웃긴 말에 핀잔 비슷한 대꾸를 하기도 했고 거기에 살을 보태 웃긴 이야기로 만들어놓기도 했다. 수연이가 웃었다. 처음 한두 번은 피식하고 넘기는 정도였는데 갈수록 웃음을, 나의 말 때문에 웃는다는 것을 숨기지 않았다. 가끔 고개를 숙여 입을 막고 껵껵대기도 했고 나중엔 내 팔을 살짝 때리며 웃기도 했다. 황홀했다. 내가 수연이의 마음에 파문을 만들 수 있는 사람이라는 게 황홀해 나는 점점 미쳐갔다. 수연이를 웃기는 게 내가 태어난 이유 같았다. 나는 매일 수연이를 웃기려고 학교에 갔다.

　　연구를 했다. 연구라고 해도 좋을 만큼 웃음에 몰두했다. 축구에 환장하는 남자애들, 연예인에 빠져 있는 여자애들은 흔했지만 코미디언이 꿈도 아닌데 홀로 웃음을 연구하는 애라면

036

이게 다
외로워서 그래

모르긴 해도 우리 학교에는 나 하나 아니었을까. 너네가 어디서 뭘 하고 있을지는 모르겠지만 나는 (여)왕의 남자라고.

그때 익히고 정리한 웃음의 이론은 30대가 된 지금까지도 내 유머의 중요한 자양분이다. 사람들을 관찰하고 다른 이의 말을 잘 듣는 것이 유머에서 얼마나 중요한지 알게 되었다. 선생님이 그랬듯 남을 웃기겠다고 나서서 본인이 먼저 웃으면 그 유머는 곧장 실패로 이어진다는 것, 무분별하게 개그콘서트 유행어를 따라 하는 건 웃음에 관한 가장 게으르고 질 낮은 접근이라는 것, 남자와 여자의 웃음 포인트는 비슷한 듯 미묘하게 다르다는 것도 알게 되었다.

웃음꾼으로 거듭나는 길엔 웃음이 없다. 아무도 일러주지 않은 길로 떠나는 고독하고 고된 여정이다. 하지만 나는 행복했고 살아 있음을 느꼈다. 구겨진 콜라 캔 같던 자아가 하루하루 온전하게 펴짐을 느꼈다. 11년 평생 처음으로 나도 잘하는 것이 있다는 긍지에 타올랐다.

11월 11일 아침, 수연이는 자신이 속한 그룹 친구들과 빼빼로를 주고받은 뒤 자리로 돌아와 나에게도 빼빼로를 하나 건

넸다. "양해민, 매일 웃겨줘서 고마워. 맛있게 먹어"라고 적혀 있었다. 포장도 되어 있지 않았고, 노란 포스트잇에 쓴 메모만 붙어 있었다. 끝끝내 이름에서 성이 떨어지진 못했지만 그걸로 충분했다. 잘나가는 그룹의 아이들과 주고받은 빼빼로는 팬시 문구점에서 고심해 골랐을 포장지로 정성스럽게 포장돼 있었지만 그런 건 중요하지 않았다. "야, 수연이가 양해민한테도 빼빼로 줬다!" 아이들이 작은 소란을 만드는 와중에 수연이는 그저 옅게 웃으며 자리에 앉아 교과서와 노트를 꺼냈다. 나는 쉬는 시간에 복도 한편으로 티몬과 품바를 불러내 빼빼로를 나눠 먹었다. 둘은 빼빼로를 오독오독 씹으면서도 아까 수연이가 내게 다가와 결코 오만하지는 않지만 숨겨지지 않는 여왕의 권위를 뽐어내며 빼빼로를 하사했던 일을 받아들이지 못하는 눈치였다. 의도가 담긴 빼빼로일 리는 없고 여기저기 돌리면서 옆에 앉는 애한테 한 개 내밀지 않는 게 수연이의 성격상 못 할 짓이라 그랬겠지만, 모두가 같은 무게로 사건을 받아들이지는 않는 법이다. 나에겐 인생의 사건이라 말할 만했다.

나는 어떻게 지금의 내가 되었나. 그 시작에는 빼빼로가 있다. 수연이는 진즉에 잊어버렸을 빼빼로. 나에겐 먹어도 먹

이게 다
외로워서 그래

어도 영원히 남아 있을 빼빼로. 난생 처음 느낀, 나도 관심받을 수 있고 인정받을 수 있다는 그 달달하고 길쭉한 확신을 기억한다.

이 글을 읽고 있는 당신도 누군가에게 수연이였을 수 있다. 아마도 매우 높은 가능성으로. 이게 뭐라고 싶을 정도로 사소한 호의가 한 사람의 인생을 새롭게 열어주기도 한다. 누나들과 스스로를 비교하며 열등감에 구겨져 있던 낙제생을 래퍼로 만들어 무대에 올려놓기도 하고, 태권도장에서 오줌을 지렸던 얼간이를 에세이 작가로 데뷔시키기도 한다. 정말로.

문득 지금 서른여섯 살일 수연이에게 이 이야기를 전할 수 있다면 어떤 웃음을 보여줄지 상상해 봤다. 그때처럼 듣기 좋게 시원한 웃음이라면 좋겠다.

이게 다
외로워서 그래

이딴 걸 대체

왜 쓰는가

문장은 가능한 한 짧고 간결하게 쓰는 것이 바람직하다고 배웠으며 보통은 그것을 실천하려고 노력하지만 요즘 들어 나는 가끔 그런 생각이 드는데 그게 어떤 생각이냐 하면 어쩐지 짧고 간결하게 쓰는 것으로 가독성을 높이고 의미를 곡해할 가능성을 줄이는 방법은 그 자체로 좋은 글을 만드는 데에는 탁월한 효과가 있겠으나 궁극적으로는 글쓴이의 필력이 상승하는 것을 저해할 수도 있지 않겠는가 하는 것으로 실제 나는 본 문장과 같이 심하게 긴 문장을 만들어내며 이야기를 진행하고 오류 없이 마침표에 도착해 보고자 하는 시도야말로 진정 고리타분한 틀을 깨는 개척자적 자세가 아닐까 생각하고 있지만 그와 동시에 적잖이 석연찮은 점은 결국 글이라는 것이 쓴 이보다는 읽는 이에 의해 그 가치가 정해지는 것이니 만약 이쯤까지 읽었을 독자가 '이게 대체 뭔 말인가' 내지는 '이딴 걸 대체 왜 쓰는 건가' 정도의 감상이 든다면 슬프지만 본 글은 나의 성취감과는 별개로 이미 망한 것일 수도 있다는 점이다.

대충 봐야

사랑스럽다

새로운 사람을 알게 된다. 첫 잔을 부딪치면서 "만나서 반갑습니다" 한다. 보통은 또래고 같이 나이 먹어가는 중이라, 비슷한 점도 발견하지만, 한편으로는 전혀 몰랐던 세계에 대한 이야기도 듣게 된다. 흥미롭다. 그가 나에게 주는 새로움이 좋다. 말이 잘 통한다고 느끼면 만족감은 두세 배로 커진다. 그러다 좀 취하면 그가 익숙하지 않은 사람이어서 내가 들떠 있다는 사실, 그러니까 새로워서 새로운 거라는 당연한 사실을 놓치게 된다.

그는 내가 알고 지내는 사람들과 근원적으로 뭔가 좀 다르다고, 기존 관계들과는 다른 감흥을 지속적으로 줄 수 있을 거라고 기대한다. 운이 좋으면 종종 그런 멋진 만남이 찾아오고, 나는 관계의 초반, 설렘으로 차올라 마음의 문을 힘껏 젖히고 그를 삶으로 들인다.

만남이 잦아진다. 이 시기엔 각자가 바쁜 것이, 또 각자가 여유로운 시간대가 자주 어긋나는 것이 좋다. 좋다는 것은 장기적인 관점에서 관계가 지구력을 유지하는 데 도움이 된다는 뜻으로, 당장의 바람과는 상반된다. 당장은 잦은 만남이 관계에 소모적인지 어떤지를 길게 생각하기보다는 이 새로움을 만끽하고 싶다.

서로 성격이 아주 잘 맞지 않더라도 잘 맞는 사이처럼 시간을 조정해 자주 얼굴을 본다. 또 몇 개의 술자리들을 즐거움으로 채운다. 앞으로도 영영 우리 사이가 나쁠 일이 아무것도 없을 것 같다고 느낀다. 그리고 이상하게도 그가 '누가 봐도 괜찮은 사람'이라고 생각하게 된다. 평소 사람과 사람은 서로 잘 맞는 궁합이 있을 뿐 인격의 좋고 나쁨은 마주하는 사람에 따라 상대적이라고, 잘도 논리왕처럼 말하고 다녔으면서도 그런

이게 다
외로워서 그래

생각이 든다. 이 사람은 '객관적으로 괜찮은 사람'이라고, 세상 어디에도 없는 개념을 입혀놓고 자신에게 되묻는다. 아니, 일주일에 세 번이나 만나서 이렇게 면밀히 살펴보고 있는데도 실망스러운 면이 없다면 정말 확실히 괜찮은 사람이 아니겠냐고. 그러고는 이런 좋은 사람을 찾아낸 자신을, 딱히 노력한 것도 없지만 대견해한다.

어느 순간부터 살짝 피로감을 느낀다. 아주 분명한 확신은 아니다. 대화하는 중에 잠깐잠깐 그런 순간이 찾아온다. 피로하지 않다고, 이 사람과 충분히 좋은 시간을 보내고 있다고, 자신의 감을 외면할 수 있을 만큼 잠깐씩. 하지만 잠깐일지라도 이전까지는 완결무결하게 아쉬움이 없던 터라, 그런 피로함은 새로 붙인 스마트폰 액정 보호 필름 한가운데 긴 먼지 한 톨처럼 사소해도 사소할 수가 없다. 곧 관계는 기존의 눈부심을 잃고 그제야 일상적이고 평범한 원래의 색감을 되찾는다. 그 사실은 나쁠 게 없는데도 나쁘게 다가온다. 그러게 누가 그렇게 자주 가까이 보라고 했나. 시키지도 않았는데 혼자 좋아서 하루가 멀다 하고 마주해 놓고는 이제 좀 질리는 것이다.

그러던 중 너무 당연하게도 그에게서 별로 맘에 들지 않는 모습도 발견하게 된다. 평소 탐탁찮게 생각하던 행동거지일 수도 있고 듣기 썩 유쾌하지 않은 과거일 수도 있다. 중요한 건 그게 단지 내 기준, 내 기대와 들어맞지 않을 뿐이라는 것이다. 길에서 마주친 다른 사람이 그런 면을 가지고 있었다면 '아, 그렇구나' 하고 말, 조금도 이상할 게 없는 면이라는 것이다. 심지어 멋대로 실망하고 있는 나 자신도 그 정도 못난 면은 많이 지니고 있고.

지금도 미숙하고 앞으로도 미숙할 예정인데, 지금의 수준에서도 확실히 미숙했다고 말할 수 있을 만큼 너무 미숙했던 과거의 어느 때, 그런 식으로 혼자 호들갑 떨었다가 실망해서 마음속에서 떠나보낸 얼굴이 몇 개 있다.

서로 좀 몰랐으면 한다. 대충만 알고 살면 되잖나. 나태주 시인은 자세히 보아야 예쁘고 오래 보아야 사랑스럽다고 했다. 풀꽃처럼 너도 그렇다고. 얼마를 더 살면 나도 그렇게 말할 수 있게 될까. 감히 예상해 보건대 내 그릇의 크기와 예민함으로 미뤄보면, 영영 그렇게 말할 수 없을지도 모른다. 풀꽃에 대해서는 그 말이 맞을 텐데, 우린 풀꽃처럼 단순하게 아름다운 존재들은 아니니까.

이게 다
외로워서 그래

어차피 우리는 다 이래저래 못난 면을 품고 사는 중인데, 나는 좋아하는 사람들을 가까이서 바라보고 있으면 그들과 완전히 하나가 되고 싶다는 바보 같은 기대를 하지 않는 법을 모르겠다. 하지만 마지막 한 꺼풀까지 다 잡아 뜯어놓은 뒤에 실망하지 않을 방법이 있는지도 모르겠다.

그러니 필요한 만큼만 닿고 살고자 한다. 멀리서 봐야 예쁘다, 대충 봐야 사랑스럽다. 나도 그렇다.

너무 요란한

쓸쓸함

고막을 찢을 듯한 굉음을 내며 스포츠카가 지나간다. 그런 차
는 구태여 사람이 많은 곳에서 소리를 높인다. 그 소리를 듣고
있으면, 비싼 차의 외관으로 시선을 끄는 일은 시끄러운 엔진
음을 내고 다니는 일에 비해서는 정말이지 신사적이고 상식적
이라고 여겨진다. 굉음이 지나간 장소에 서서 주변 사람들의
반응을 본다. 누구도 그 굉음에 감동하거나 그 차를 부러워하
지 않는다. 모두가 불쾌한 표정으로 멀어지는 차의 꽁무니를

이게 다
외로워서 그래

바라본다. 아기들이 울음을 터뜨리기도 하고 어르신들은 가슴을 쓸어내리기도 한다.

저 운전자는 왜 타인을 놀라게 하고 신경을 거스르는 방식으로 관심받고 싶은 욕망을 표출하게 되었나. 세상에는 아직 내가 겪어보지 못한 어떤 지독한 쓸쓸함도 있는 걸까. 저 운전자는 도무지 저런 방식이 아니면 해소될 수 없을 만큼 엄청난 쓸쓸함을 견뎌내고 있는 것일까.

누구나 타인의 마음에 파문을 일으키고 싶어 한다. 자신이 여기 살아 있다는 사실을 알리고 싶어 한다. 주목을 받고 싶어 한다. 하지만 그와 동시에 타인에게 피해를 주지 않으려 한다. 저 운전자가 타인에게 주목받고 싶은 욕구가 너무 팽창한 나머지 타인의 괴로움에 대한 생각을 머리에서 완전히 지워버린 상태라면, 나는 아직 그런 정도의 쓸쓸함은 겪어본 일이 없는 듯하다. 다행이 아닐 수 없다.

저는 너무 쓸쓸해서 저를 내려놓아 버렸습니다. 절 좀 쳐다봐 주세요. 자동차 머플러가 찢어지는 듯한 굉음은 꼭 그런 절규처럼 들린다. 또 한 대가 지나가는 것을 봤다. 너무 요란한 쓸쓸함이다.

이게 다
외로워서 그래

쌍코피가

터져도

말 한마디 못 걸어보고 지나가 버린 중학교 때의 짝사랑을 돌아본다. 나는 그 여자애가 너무 좋아서 그 아이를 대신해 죽고 싶었다. 교통사고가 날 위기에서 그 아이를 밀쳐내고 내가 대신 차에 치이고 싶었다. 그 아이를 괴롭히는 나쁜 어른들에게 맞서다 대신 몽둥이에 맞아 죽고 싶었다. 불치병에 걸린 그 아이에게 수혈할 수 있는 혈액형을 가진 사람이 나 하나뿐이면 좋겠다고 생각했다. 그 아이에게 피를 몽땅 주고 나는 죽어버렸으면. 그러면 그 아이가 죽은 나를 안고 울어주길 바랐다. 그 아이의 눈물이 내 얼굴 위로 떨어지는 장면을 상상했다. 극단적인 상상이지만 그 시절의 나는 마음이 진짜로 그랬고 그런 게 용감한 사랑이라고 믿고 싶었던 것 같다. 별 볼 일 없는 내가 그 아이 마음에 내 이름을 새기려면 그 정도는 해야 하지 않겠나 생각했다.

돌아보니 참 비겁한 생각이다. 내가 마음을 다 준 다음 떠나고 나면 나는 그 결과를 나 몰라라 할 수 있지만, 그 마음의 짐을 홀로 떠안아야 하는 건 그 여자애일 테니까. 진짜 용기는 보잘 것 없는 나를 그대로 내보이며 말이라도 한번 걸어보는 것이었을 텐데. 아무튼 내가 덜 창피하기를 원했으니 결국 그런 공상에 그쳤던 것이다.

그래. 쪽팔려도 살아 있어야지. 그래야 용감한 것이지. 쌍코피가 터지고 똥밭을 뒹굴더라도 거지꼴로 달려가 사랑한다고 말할 수 있어야 용감한 것이지.

해가 뜨는 데 이유 같은 게 있을 리 없는데도 우리는 매일 '왜 또 아침이지?'라는 의문을 던진다. 피곤해 죽겠는데 왜 또 하루는 시작되는 건가. 대답해 줄 이는 없다. 그러니 별 수 있나. 밉든 곱든 또 하루 대충대충 성실히 살아내는 수밖에.

별수 있나

정신

근 7년 만에 증명사진을 찍고 나와서는 높낮이가 다른 어깨에 대해 생각했다. 분명 똑바로 앉아 있다고 생각했는데 사진사는 거듭 오른쪽 어깨를 내리라고 했다. 더요. 더요? 네, 더요. 체감상 '언제까지 어깨춤을 추게 할 거야°' 정도까지 오른쪽 어깨를 내렸더니 그제야 "네, 좋습니다" 했다. 아니, 이게 어떻게 수평이라는 거지. 그런데 출력한 사진의 어깨 높이는 보기 좋게 수평을 이루고 있었다.

이후 며칠간 신경이 쓰였다. 오른쪽 어깨가 왼쪽보다 높다는 사실에. 딱히 교정 운동을 하지도 않으면서. 몸의 균형이 깨지면 안 되는데, 하나가 깨지면 다른 곳도 다 무너진다던데, 생각만 하면서. 그러다 어깨와 관련된 꿈(병원에서 몸의 균형이 엉망이라 대대적인 수술이 필요하다는 이야기를 듣는 꿈이었다. 왜인지 강남이었고, 자연스럽게 성형외과였다)까지 꾸고 난 아침에야 벌거벗은 채 화장실 거울 앞에 서서 다시 생각했다.

그러게, 왜 유난일까. 마치 내 몸과 삶에 존재하는 다른 부분은 모조리 말끔히 균형 잡혀 있기라도 한 것처럼. 이제 어깨 이놈만 균형이 잘 맞으면 모든 것이 제자리에 놓여 완벽을 달성할 수 있을 것처럼. 유심히 거울을 본다. 뻔히 놓여 있던 이목구비인데 새삼 발견하며 놀란다. 어깨 하나가 뭐 어쨌다는 건가. 눈, 코, 입, 귀, 눈썹, 광대뼈, 턱선, 치아, 콧구멍까지 모조리 좌우 위아래 전방위적으로 불균형한데. 모두가 저마다의 목소리를 내고 있다. 균형이고 뭐고 너무 시원하게 몽땅 어그러

°   뭐라고 지칭할지 딱 떨어지는 말을 찾지 못하겠다. 한물간 술자리 게임의 구호 정도다. 한동안 젊은이 한정 범국민적인 인기를 누렸으니 100년쯤 뒤엔 교과서에 나올 수도 있지 않을까. 고전가요나 시조도 실은 술자리의 부산물이니까.

056

이게 다
외로워서 그래

져 있어서 차라리 이 혼돈이 하나의 피카소식 완성이 아닌가 싶을 정도다. 아, 산사태가 났는데 여태 화분 쏟은 걸 걱정하고 있었구나.

그러고는 다시 삐뚤삐뚤 생긴 채로 살아간다. 아무 일도 없었던 것처럼, 이 아니라 실제로 아무 일도 없었지. 무슨 대단한 공부를 했다는 이야기도 아니다. 그냥 이상하게 생긴 나를 데리고 전처럼 할 일이나 옳게 하기로 했다는 것이다.

이사 첫날, 전문가용 줄자로 온 집 안의 치수를 꼼꼼하게 쟀다. 이사는 그동안 2년에 한 번씩은 있었던 행사였지만 이번에는 기분도 측정할 치수들의 양도 달랐다. 신축 건물 첫 입주이자 매매. 남들이 쓰던 집도 아니고 내 취향과 전혀 다른 집기들이 옵션이라는 이름으로 듬성듬성 자리해 있지도 않았다. 백지부터 하나씩 채워나가야 하는 진짜 새집. 적당히 2년 살다 나갈 곳이 아니라고 생각하니 집 꾸미기는 이전과 전혀 다른 무게로 다가왔다. 그리고 현재, 입주한 지 1년하고도 두 달이 흘렀으나 집 꾸미기는 여전히 진행 중이다.

가구 하나를 사려면 일주일에서 길게는 한 달씩 걸린다. 침대를 예로 들자면 이러하다. 우선 세상엔 너무 많은 침대가 있다. 뭐가 어떻게 다른지는 좀체 알 수가 없다. 막막한 마음으로 리뷰를 수십 개 찾아보고 매트리스 체험관도 찾아가 보고 가격 비교도 해본다. 대충 쓰다 버릴 게 아니니 아주 가성비로 갈 수는 없는데 그렇다고 죽을 때까지 쓸 것도 아니라서 어느 선까지 고급스러워야 할지 가늠할 수가 없다. 가구란 기능도 중요하고 디자인도 중요하다. 그런데 그 디자인이라는 것도 혼자만 예뻐서 될 게 아니라 집과, 미리 배치한 다른 가구들과도 조화롭되 또 그 자체의 멋도 있어야 하는 것이다. 머릿속으로 수백 번 배치를 해본다. 하지만 그래봐야 직접 들여와서 보지 않는 이상, 확신 같은 건 가질 수가 없다. 갖다놨는데 상상했던 것과 다르면 어떡하지. 티셔츠 한 벌을 환불하거나 교환하는 것도 피곤한데 침대는 어우, 그 시간 낭비와 비용과 그로 인해 찾아올 자책감은 상상도 하기 싫다. 그런 고민으로 시간과 에너지를 쓴다. 그 모든 고심의 과정을 다 거친 다음에도 역시나 아직 잘 모르겠다는 생각이 들면 구매는 또 유야무야 된다.

　　모든 것이 불확실한 중에 한 가지 확실한 것은, 집의 모양새가 처음 생각했던 것과는 전혀 딴판으로 가고 있다는 것이다. 채워 나갈수록 점점 더 그렇다. 아니, 실은 이제 내가 원했던 인테리어라는 게 뭐였는지도 잘 모르겠다. 누군가가 집 꾸

이게 다
외로워서 그래

미기란 열정 있고 설렘 있을 때, 즉 이사 온 첫 달에 후루룩 하고 치워버려야 한다고 말했는데, 왜 그래야 하는지는 이해했으나 그게 어떻게 가능한지는 여전히 모르겠다. 여전히 야금야금 채워나가고 있으나 가만히 앉아서 한번, 양치를 하며 한번 집을 빙 둘러보면 여기저기가 여간 마뜩찮다. 한번 신경이 쓰이기 시작하면 이걸 이렇게 했어야 했나, 이거 말고 그걸 샀어야 했나 그런 생각이 멎지를 않는다. 그 생각들이 늘 삶의 다각적인 낭비를 초래한다. 이게, 이게, 이래선 안 되는 거지.

다행히 최근에 점차 포기의 단계로 들어서고 있다. 언제 또 집을 갈아엎고 싶은 마음이 올라올지는 모르지만 우선은 꽤 단념하고 있다. 집이 집이지 뭐. 가구 사이트와 인테리어 카탈로그에 나오는 말끔하게 정돈된 예쁜 집은 역시 사람이 살기에는 적합하지 않은 것이다. 그런 건 사진 속에만 존재하는 판타지다. 그렇게 결코 정리될 수 없는 것들에 대한 생각을 정리하고 있다.

삶은 늘 어수선하다. 좀체 가지런한 법이 없다. 눈, 코, 입도 가구 배치도 인간관계도 모든 게 어쩔 수 없이 난잡하다. 알고 있는데도 한번 생각이 꽂히면 이것도 신경 쓰이고 저것도 신경 쓰여 도무지 진짜 중요한 일에는 집중이 안 되는 것이다 (이를테면 지금은 책 쓰기).

삶에 임하는 여러 지혜로운 노하우가 있겠지만 그중에서도 '별수 있나 정신'은 참으로 중요한 능력이라 생각한다. 뜻대로 되지 않는 삶의 잡다한 요소들을 별수 있나 하며 내버려 두고 할 일이나 제대로 하는 것. 삶의 보푸라기들을 여기저기 붙이고도 그저 무심하게 지금에 집중하는 것. 삐뚤어지면 삐뚤어진 대로, 아쉬우면 아쉬운 대로. 그런 단출한 마음가짐이 참 중요한 것 같다. 다시 이것도 신경 쓰이고 저것도 신경 쓰이는 때가 오면 어떡하지? 몰라, 별수 있나. 그런 때가 오기 전까지 밀도 있게 살고 있을 수밖에. 한 자라도 더 쓰고 있을 수밖에.

이게 다
외로워서 그래

엄마와
풀떼기

이른 아침 KTX에 올라 쩍쩍 하품을 한다. 부산역 투썸플레이스에서 산 아메리카노를 들이켠다. 꾸벅거리며 졸다가 신경주역을 지나고 나서야 조금 정신을 차린다. 그러고는 차창에 머리를 기댄 채 조금 전 엄마와의 대화를 생각한다. 창밖은 산이며 들이며 온통 풀이다. 풀, 풀, 풀떼기들.

　　엄마는 새벽부터 분주했다. 베란다 끝에 줄을 세워둔 크고 작은 온갖 식물들, 다육이며 선인장이며 나는 종류도 이름도 모를 것들에 물을 주느라 바빴다. 엄마는 다라이, 그러니까 내 고향 말로는 도무지 다라이라고밖에 부를 수 없는 통에 물을 받고 그 물을 다시 작은 주황색 바가지로 퍼서 화분마다 물을 준다. 나는 소파에 눕듯이 앉아 베란다 창 너머로 그 뒷모습을 본다. 저 주황색 바가지는 도대체 몇 년째 쓰고 있는 걸까. 나는 누나들과 함께 목욕하던 어린 시절에도 저 바가지가 있었음을 기억한다. 엄마가 내 머리에 물을 붓던 장면, 욕조에서 누나들과 물장난을 치던 장면이 기억난다. 그때 바가지 바닥에 그려져 있던 과일들은 이제 흔적이 없다.

"엄마도 강아지 키워보면 어떨까? 요즘 유기견 센터 이런 곳에 불쌍한 애들 많잖아." 나는 발에 양말을 꿰며 말했다. 엄마는 한참 대답이 없다. 수도꼭지에서 다라이로 쏟아지는 물소리와 바가지에서 화분으로 떨어지는 물소리가 거실 TV에서 나오는 아침드라마 대사들과 섞인다. 지금 생각하니 그건 엄마를 위한 말도 버려진 강아지들을 위한 말도 아니었다. 그저 나와 사는 자식이 부모의 적적함이 신경 쓰여 제 맘 편하고자 한 말이지. 엄마가 계속 답이 없자 나는 무안해져서 한마디 더한다는 것이 그 말이었다. "엄마는 아들보다 풀떼기가 더 좋지?"

거실로 들어와 러그 위에 발을 구르는 엄마는, 한때 유행

했던 스트릿 브랜드의 티셔츠를 입고 있다. 늘어날 대로 늘어난 목깃이 보인다. 그 티셔츠가 멀쩡했던 시절에는 누나가 입었고, 이제 누나는 스트릿웨어를 안 입는다. 나는 환갑인 엄마가 입은 스트릿웨어가 웃기고 슬퍼서 잠시 생각이 멎는다. 거의 5분 만에 엄마는 대답했다. "좋지, 애네들은 다리가 없어가 어데 안 간다 아이가."

'다리 있어도 강아지는 어데 안 가거든?'이라고 답하려다가 나는 입을 다물었다. 엄마 뒤로 늘어선 화분들이 눈에 들어와서. 혼자선 목욕도 못 했던 애들이 서울로, 대구로, 캐나다로 떠날 줄 엄마는 알았을까. 알아도 모르고 싶었겠지. 오래전 내가 엄마에게 화분 같았던 시절이 있었음을 안다.

엄마들은 왜 다 하나같이 식물을 좋아하는 걸까. 나는 시속 270킬로미터로 본가와 멀어지며 세상의 엄마들과 그들이 떠나보낸 풀떼기들에 대해 생각했다.

말이 많은
인간의 갈증

그러니까 선생님 제 말은, 기본적으로 제가 말이 많은 인간이라는 문제가 있습니다. 많아도 너무 많아요. 그래서 어떻게 되냐면, 우선은 자꾸 침이 마르니까 눈앞에 찰랑거리는 거라면 그게 커피건 물이건, 이제 커피라고도 물이라고도 부를 수 없는 상태의 어떤 것이건 계속 들이켜야 한단 말입니다. 얼음도 와작와작 깨 먹고 말이죠. 그러면은 뭐야 일단은, 마렵죠. 네, 마렵게 됩니다. 과학적으로 그렇죠. 그리고 무슨 문제가 있나면 너무 많이 말했기 때문에 상대방 말도 그만큼 들어줘야 합니다. 윤리적으로 그렇죠. 말 적게 하는 사람을 만나면 되지 않느냐고요? 말 많이 하기 싫어하는 사람은 이제 제 곁에 한 명도 없습니다. 음, 조금 슬퍼지려고 하네요. 아무튼 계속 이야기하자면 한 사람당 한 500자씩 랠리가 되면 기회가 꽤 많은데, 보통 각자 2500에서 3500자 정도씩 말하기 때문에 기회가 잘 없습니다. 무슨 기회냐고요? 당연히 싸러 가겠다고 말할 기회죠. 그리고 말 많은 인간들끼리 대화하면 생기는 치명적인 문제가 또 있는데, 이 인간들은 기본적으로 상대방이 말하는 중에도 계속 추임새를 넣고 짧게나마 자기 의견을 덧댑니다. 이게 끝나가던 말에 자꾸 생명력을 불어넣어요. 추임새에 호응하고 다른 의견에 반박하다 보면 말하던 사람은 처음 하려던 말과는 별 상관없이 새 종착역으로 또 기약 없이 떠나게 되는 것이죠. 마침내 긴 말이 끝나지만 거기선 또 다른 문제가 있습니다. 이미 한계에 도달했는데 선뜻 화장실에 가겠다고 말하지 못해요. 왜? 상대의 말이 끝나자마자 곧바로 화장실에 가겠다고 말하면 자신이 여태 상대방 말은 귓등으로 들으면서 내내 방광에 온 신경을 집중한 채 저 새끼 말은 언제 끝나나 그것만 기다린 인간으로 보일 게 뻔하기 때문이지요. 물론 그런 생각이 없었느냐 하면 그건 또 전혀 아니라고 말하기가 힘든 부분이 없잖아 있는데, 아무튼 우리는 대화를 즐기고 소통을 사랑하는 지성인으로 서로에게 기억되길 바라니까요. 하지만 용기를 내는 것이 좋습니다. 몇 초간의 침묵을 견디지 못하고 상대가 또 새로운 화두를 꺼내 들지 모르거든요. 우리에게 기회가 그리 많지는 않습니다. 그래서 말인데요 선생님 저 잠ㅅ

어떤

눈, 코, 입

몇 만 명이 아는 눈, 코, 입을 가진다는 건 마치—. 래퍼 빈지노의 가사다. 들으면서 생각했다. 그 기분은 어떨까. 몇 만 명이 아는 눈, 코, 입을 가진다는 건. 근사한 표현이라고 감탄했지만 그때의 나는 그게 어떤 느낌인지 알지 못했다.

아주 나중에야 그 의미를 알게 되었다. 아니, 그가 나보다 수십 배는 더 유명한 눈, 코, 입을 가졌으니 다 안다고 말하진 못하겠다. 어느 정도, 나름대로, 대강은 알게 되었다고 치자.

2018년 어느 겨울밤이었다. 홍대의 밤거리를 걷고 있는데 누군가가 손바닥으로 내 등짝을 탁 쳤다. 내가 입은 두꺼운 패딩의 숨이 푹 죽는 걸 느끼며 돌아보니 키가 작은 한 여성이 나를 올려다보고 있었다. 술 때문인지 추위 때문인지 둘 다인지는 모르겠으나(둘 다라고 해도 대략 술이 7, 추위가 3이었을 테다) 빨개진 두 볼과 헤실헤실한 미소가 보였다. 멍청한 얼굴이 된 내게 그가 말했다. "그 사람 맞죠?"

뭐라고 대답해야 하나. 일단 '그 사람'이 누군지 알아야 기다 아니다 답할 수가 있는데. 그래, 아마도 그 사람이 맞겠지만, 맥락상 거진 그렇다고 봐야겠지만, 이게 또 아닐라 치면 얼마든지 아닐 수도 있는 것이다. 보통 털보에 장발이면 아무나 닮은 꼴로 묶인다. 그게 내가 털보에 장발로 7년을 살면서 느낀 뭇 대중의 인식이다. 닮은 꼴의 범위에는 류승범과 타이거JK와 빽가와 버벌진트가 몽땅 들어간다. 심지어 실물 사진은 한 장도 없는 예수님도 들어가고, 여차하면 김어준도 합석하는데, 이렇게 나열해 보자니 도대체 류승범에서 김어준까지를 무슨 수로 이어 붙일 수 있는가 싶다. 다시 그 장면으로 돌아가서, 내가 한 답은,

"아마 맞을걸요?"였다. 악수를 하고 사진을 찍고 친한 친

구처럼 바이바이 손을 흔들며 멀어지는 동안에도 그녀는 끝내 "그, 맞죠? 유튜브에 나오는. 팬이에요. 예전에 진짜 많이 봤는데"라고 말하는 데 그쳤을 뿐 내 이름을 불러주지는 못했다. 세상엔 유명한 사람과 안 유명한 사람만 있는 게 아니다. 그 사이 어디쯤에는 종종 '그 사람' 정도로 불리는, 그런 애매한 유명함도 있다.

유명해지면 다 될 줄 알았다, 부산에서 음악을 하던 그때는. 무대 아래에 관객이 열댓 명쯤 있고 그중 절반 이상이 다음 순서에 공연할 동료들이었던 때. 곡을 발표하면 음원 사이트에 달리는 몇 안 되는 댓글이 다 친구들의 것이었던 때. 유명해지자. 일단 유명해지면 모든 게 좋아질 거야. 철이 없어 그랬던가 절박해서 그랬던가, 그땐 그런 납작한 생각을 품고 살았다. 뭔지도 모르는 그 유명함을 얻기만 하면 지금의 어려움이 다 해결될 거라는.

반은 들어맞았다고 해야 하나. 나름 얼굴이 알려지고 나서 그 시절의 어려움은 해결되었다. 이제 술 마실 때 병 수를 세는 습관은 사라졌다. 그러고는 다른 종류의 어려움이 찾아왔다.

50만 명. 유튜브 채널 구독자 수가 그쯤 되고 나서는 많은 것이 달라졌다. 얼굴 한 번 본 적 없는 사람들의 비난과 조롱이 일상에 함께한다. 물론 내가 여태 만들어온 콘텐츠의 성향상 (삶에 대한 개인적인 생각을 이야기한다) 알려진 다른 이들보다 악플이 많을 수밖에 없을 것이다.

흔히 모든 이의 사랑을 받을 수는 없다고들 한다. 맞는 말이다. 하지만 겉으론 센 척하며 사람들이 나를 싫어하든지 말든지 상관없다는 듯이 굴어도, 속으로는 '아니, 근데, 아무리 그래도 그렇지, 내가 이렇게 귀여운데?' 같은 서러움이 있다. 사람이 그렇다. 좋은 댓글을 백 개 읽어도 악플 두세 개가 더 마음에 남는다. 구독자 수가 늘기 전에도 내 주변엔 나를 싫어하는 사람, 내게 별 관심이 없는 사람, 나를 좋아하는 사람이 고루 있었을 것이다. 대다수의 사람들은 그 실체를 확인할 일 없이 산다. 난 이름이 좀 알려짐으로써 그 뚜껑을 열었고 그 실체를 매일 확인하며 살게 되었다.

나는 살면서 악플을 달아본 기억이 없기에 상상력을 발휘해 악플러의 심정을 이해해 보려 했다. 왜 싫은 것을 들여다보고 그걸 비난하는 데 시간을 쓸까. 그 대상이 천인공노할 죄를 저지른 범죄자도 아닌데. 사석에서 친구들과 이야기 정도는 할 수 있다. 그런데 굳이 로그인을 해서 그가 읽을지 안 읽을지도

이게 다
외로워서 그래

모르는 욕설과 비난을 서너 줄씩 적는다고? 그게 과연 그 대상을 진심으로 싫어하는 걸까? 아니지 싶다. 보통 마음이 지치거나 삶이 잘 풀리지 않을 때, 우린 싫어할 게 필요하다. 누군가를 싫어하는 것만큼 효과적인 진통제도 잘 없으니까. 화풀이. 그만큼 저렴하고 효과 빠른 약이 없다. 그 대상으로서 유명한 사람들은 너무 적합하다.

2019년엔 연기자 S와 만날 일이 있었다. 그는 내가 살면서 대화해 본 사람 중 가장 유명한 사람이었다. 그즈음 S도 유튜브를 시작하면서 내게 유튜브에 대해 이것저것 물어보았다. "S씨도 악플이 있나요?" 내가 그렇게 물었던 것 같고, "음, 전 잘 없는 것 같아요" 그가 그렇게 대답했던 것 같다. 아, 그렇군요. 아니 가만, 그러면 안 되는데. S씨는 나보다 슈퍼하게 유명한 슈퍼 연예인이니까 악플도 슈퍼하게 있어야 하는 거잖아.

근데 딱히 그렇지 않다는 것이다. 그는 슈퍼한 사랑을 받고 있지만 그와 정비례하는 슈퍼한 악플을 받고 있지는 않다고 했고, 나 자신한테 물어보니까 실은 나도 그렇게 생각하고 있었다. 저런 청아하고 햇살 같은 사람에게 악플을 다는 것은 뭐랄까 많은 용기가, 다른 말로는 상당한 고약함이 필요하지 않겠나 하는. 가까이서 겪어도 해사한 사람인데 화면과 목소리로만 만나는 대중에게는 더 그렇게 느껴지겠지. 그는 내가 여태 정립해 온 유명함의 양면성에 대한 논리를 크고 새카만 눈동자로 스스럼없이 무너뜨렸다.

그러면 결국 내가 받는 악플은 내가 나름 유명해서가 아니라 그냥 내가 나서서 겪는 거란 말인가. 그거는 진짜 너무 잔인한 거 아니냐고 따지고(어디다가?) 싶어졌다가, S와 식사를 함께한 이후로는 그러지 않기로 했다. 고깃집에 들어갈 때부터 나오는 순간까지, S는 주변 모든 손님과 행인의 시선을 견뎌야 했다. 모자를 눌러쓰고 매니저 옆에 바짝 붙어 걸으며. 그가 사는 세상은 가끔 홍대에서 얼큰하게 취한(아무리 생각해 봐도 술이 9, 추위가 1이었다) 사람에게 등짝 좀 맞고 마는, 몇 개의 악플과 일일이 대면해 가며 기분 좀 망치는 그런 정도가 아니었던 것이다.

"일상 생활 하는 거 힘들지 않아요?" 내가 물었고, "어쩔 수 없는 거잖아요" 그는 아마도 그렇게 답했다. 그때 그의 달관인지 무력함인지 모를 희미한 미소를 기억한다. 그래서 뭐, 결국 유명세의 공정한 가혹함을 다시 믿게 되었다는 이야기다. 유명세라는 이름의 세금이 S의 삶에는 나와 비교할 수 없이 큰

금액으로 매겨져 있었다.

'혼란스러우면서도 싫지 않은 폭풍과 같아서 비가 내리고 눈이 내려도 펜을 놓지 못해.' 앞서 말한 래퍼 빈지노의 가사 '몇 만 명이 아는 눈, 코, 입을 가진다는 건'에 이어지는 다음 구절이다. 유명하다는 건 그런 것 같다. 좋다거나 싫다거나 그런 평면적인 것이 아니다. 유명세는 삶이 걸칠 수 있는 여러 옷 중에 한 벌이라고 해도 좋겠다. 근데 디자인이 좀 요란한. 그 옷을 매일 입어야 한다면 눈에 띄어 좋은 날도 있고 상황에 따라 과해서 눈총받는 날도 있겠지. 하지만 그 화려함과 희소성 덕에 좋아만 보이기가 유독 쉬운 것 같다.

그래도 삶은 굴러간다. 데굴데굴. 이미 유명세를 지불하게 된 삶이 전혀 그렇지 않던 때로 돌아가는 건 불가능에 가깝다. 이 삶을 억지로 밀어내기보다는 한번 잘 안고 살아보고 싶다. 투덜대다가 감사하다가 반복하면서.

너 이름이 뭐니

이게 다
외로워서 그래

팥죽댄스

한동안 스우파 「스트리트 우먼 파이터」가 이슈였다. 뒤늦게 유튜브로 하이라이트 클럽을 보며 푹 빠졌는데, 풀 버전을 정주행할 자신은 들지 않았다. 보고 싶으면서도 보기가 싫은 마음이었다. 그걸 보다가 내가 제대로 놀 줄 아는 사람들, 너무 멋진 사람들이 과밀된 장면에서 공포 비슷한 감정을 느낀다는 것을 알게 되었다. 어떤 장면이든 편히 볼 수 있으려면, 그 속에 완전히는 아니더라도 어느 정도는 내가 감정이입할 수 있을 만큼은 어수룩

하고 자신감이 애매하게 있는 인물이 한 명은 있어야 한다. 그런데 스우파에는 그런 사람이 아무도 없었다. 출연하는 댄서 모두 심하게 빛난다. 가끔 누군가가 자의식이 과잉된 모습을 보이면 그게 나 같아서 조금 반가웠는데, 막상 춤을 추기 시작하면 실력이 더 과잉되어 있다. 그런 장면을 반복적으로 보고 있으면 혀뿌리가 뻐근해진다. 원래도 남인 그들이 괜히 더 남처럼 느껴지는 것이다.

이게 어떤 기분이냐 하면, 나는 화면 밖에 가만히 앉아 있는데 곧 내가 춤출 차례가 올 것 같은 기분이다. 마지못해 등 떠밀려 나가서는 팥죽댄스*라도 춰야 할 것 같은 압박감. 그건 아마 대학교 축제에서 신입생이 아무도 나서지 않아 장기자랑 무대에 오른 과 대표의 쓸쓸한 무브와 그에 따라 허공에 휘날리는 펄 들어간 하늘색 넥타이처럼, 보고 있자면 웃어야 할지 울어야 할지 마음이 복잡해지는 그런 춤일 테다.

무대가 끝나고 나면 어떨까. 차라리 모두가 조롱해 준다면

○　몸을 어떻게 움직이건, 팥죽이라는 얼토당토않은 비유를 붙여야 할 만큼 형편 없다면 그게 곧 팥죽댄스다. 그러니까 내가 만약 마이클 잭슨의 문워크를 춘대도 그것은 팥죽댄스다.

이게 다
외로워서 그래

덜 수치스러울 테지만 멋과 여유가 충만한 춤꾼들이 그럴 리 없다. 격려의 차원에서 되려 더 환호해 주고 뿌이뿌이를 하겠지. 거기까지 망상이 뻗어나가니 나와 다른 차원에 사는 핵 천재 인싸들에게 뭘 공감했다는 건지 공감성 수치 같은 걸 느끼고 그 자신감 넘치는 눈빛들을 피하게 되는 것이다. 그런 이유로 나는 위대한 스우파를 구간별로 짧게밖에 볼 수가 없다. 그냥 그렇다고. 슬퍼라, 예싸비여베베, 예싸비여베베.

멋지다

함정호

어느 멋진 사람에 대한 추억이 있다.

20대 초반 나는 모 생산업체에서 일했고 어느 주말 회사 인근 산으로 워크숍 비슷한 걸 가게 되었다. 직원들은 여러 개의 평상에 나눠 앉아 도토리묵과 백숙에 술을 마셨다. 직함에 '장' 자가 있고 머리숱이 적을수록 신나는 자리였다. 젊은 직원들은 저들끼리 모여 앉지도 못하고 구석구석에 유배된 채 날아간 주말을 애도하며 자작으로 잔을 채웠다.

이게 다
외로워서 그래

얼굴이 복분자색이 된 작업반장이 가든 사장님과 함께 노래방 기계를 끌고 나왔다. 노래방 기계 옆면에는 단풍잎 몇 개가 머리핀처럼 붙어 있었다. 저건 몇 년 전 가을일까. 제발 작동하지 않았으면 싶었던 그 낡은 기계는 콘센트를 물리자마자 빵빠레를 터뜨렸다. 그 소리에 참새들은 달아났고 나는 달아나지 못했다.

펼쳐지는 지옥도. 오색찬란한 등산복들이 평상 사이를 오가며 비틀거리니 무당 굿판이 따로 없었다. 페이지끼리 쩍쩍 들러붙는 노래방 책자가 손에서 손을 오갔다. 반쯤 찢어진 스피커의 굉음이 울렸다. 어이쿠, 어이쿠, 이 사람 보게! 다들 정신은 남행열차에 실어 보내고 남은 건 위태롭게 실룩거리는 중년의 엉덩이들뿐이었다. 우연히 눈 둔 곳엔 들춰진 윗옷 아래 갈라진 골짜기가 있었다. 나는 눈을 질끈 감고 빠르게 소주를 들이부었다. 공기는 쓸데없이 좋아서 잘 취하지도 않았다.

그러다 작업반장이 유일하게 젊은 여자인 경리의 손목을 잡은 것이다. 미경 씨도 나와서 한 곡 해야지! 아, 저 노래 진짜 못해요. 아 노래 못하면 춤추고~ 에이, 이 사람아 놔둬. 왜 그래? 아니, 그래, 우리 미경 씨 노래도 한번 들어봅시다! 말리는 사람 반, 보채는 사람 반이었다. 기어이 사고가 나는구나. 작업반장과 사람들은 실력이 정말 놀라운데요, 어쩌고 하는 기계 앞에서 마이크와 미경 씨를 붙잡고 옥신각신이었다. 누가 제발 좀 어떻게 해줬으면.

이제 와서 말이지만 나는 석준이 형이 나섰어야 한다고 생각한다. 누군가 미경 씨를 구해야 한다면 그건 석준이 형이어야 했다. 미경 씨가 탕비실에 있을 때마다 따라 들어가선 추파 던지고 점심때마다 옆자리에 앉고, 퇴근할 때마다 꼬물 아반떼로 태워준다 설친 게 누구였던가. 조만간 내 여자 될 거라고 허세를 떨더니 지금은 저만치 앉아 앞 접시만 내려다보고 있다. 아이고, 인간아.

그리고 전혀 의외의 인물이 등장한다. 조립 2반의 함정호. 너무 조용해서 있는지 없는지 티도 잘 안 나는 사람. 그는 체념이 묻은 얼굴로 뉘적뉘적 신발을 신고 내려와 기계 앞으로 걸어갔다. 에에, 반장님 일단 이거 놓으세요. 아이고, 손목이 다 빨갛네. 대신 제가 한 곡 부를게요. 됐죠? 뭐야, 저 사람 저렇게 능글맞게 말할 줄도 알았나? 다들 놀라면서도 말리던 이들은 이때다 싶어 힘을 보탰다. 그래그래, 그럼 정호 씨가 하나 불러 봐요! 작업반장은 떨떠름하게 무대 옆으로 밀려났고 함정호는 꽤 유명한 트로트 곡을 입력했다.

이게 다
외로워서 그래

그날 함정호의 무대를 기억한다. 생전 들어본 적 없는 수준의 음치에 춤은 근본이 전혀 없는 막춤이었다. 직원들은 조롱 섞인 폭소를 터뜨리거나 심하게 놀라거나 했다. 아무튼 분위기는 좋았다. 어쩐지 그 이후로 누구도 마이크를 잡진 않았지만. 노래를 마친 함정호는 딱히 미경 씨에게 눈길도 주지 않고 자리로 돌아갔다. 그때 나는 그를 보며 뭐랄까, 아주 생소하지만 깊은 감동을 받았다.

사람이 멋지다는 건 저런 것이 아닐까. 화려하진 않지만 용기 있는 사람. 굳이 내보이지 않지만 배짱 있고 당당한 사람. 입으로 떠들지 않고 행동으로 보여주는 화끈한 사람. 나는 그 담백함에 반해버렸고 그 남자의 막춤은 오래도록 내 가슴에 진하게 남았다.

함정호. 그대 진정 멋드러진 사람이었다.

육식동물

최

오랜만에 만난 최는 비스듬히 앉아 손짓으로 나를 맞이했다.
여전히 말끔하게 잘생긴 얼굴, 이전보다 한층 더 신경 쓴 옷차
림이었다. 나는 마실 것을 주문하고 자리로 돌아와 그를 마주
봤다. 빨대로 잔을 휘젓는 손과 카페 내부를 훑는 그의 눈빛,
연예인 몇 명을 동시에 떠올리게 하는 그 몸의 움직임을 본다.
그는 마치 이 카페에 전시되기 위해 정교하게 가공된 작품처럼
보인다. 나는 그 멋 부림이 편치 않아 자주 테이블 아래로 눈을

이게 다
외로워서 그래

떨군다.

선배의 여자 J가 자꾸 전화 와서 귀찮다는 이야기, A는 귀엽고 H는 밤이 끝내줘서 둘 다 좋다는 이야기, 파티에서 알게 된 형님이 핫한 클럽의 사장이고 언제 한번 놀러 오라고 했다는 이야기, 근데 그때 같이 있었던 K는 사이즈가 안 나와서 같이 가기 싫다는 이야기. 등장인물은 다 다르지만 듣고 있으면 똑같은 기분이 되는 이야기들이 이어진다. 그렇구나, 그랬었구나. 그 반복에 나는 집중력을 잃었다가 최의 신나 보이는 얼굴 위로 안경을 그려본다. 최가 안경을 쓰지 않기 시작했던 게 언제였더라?

맥락 없이 세븐일레븐 앞에서부터 기억이 난다. 최가 새우탕면 사발을 내려놓았을 때 그의 안경에 김이 서려 눈은 보이지 않았지만 그는 울고 있었다. 정혜인가 혜정인가가 보고 싶다고 중얼거렸는데 대충 어학연수가 어쩌고 그녀의 행복이 저쩌고 했던 것과 새벽 택배 상하차를 몇 번 더 해야 호주에 갈 수 있나, 뭐 그런 이야기를 했던 것으로 기억한다. 그것으로 충분한 설명이 되지는 않겠지만, 그 시절 최는 그런 사람이었다. 뭐랄까, 인중에 맺혀 있던 콧물처럼 끈끈한 무언가를 간직한.

다시 안경을 지우고 최의 맨얼굴을 본다. 최는 예전보다 확실히 매력적이고 이제 그 매력을 휘두르는 일에 망설임이 없다. 자신은 육식동물이라는 도취감. 세계는 욕망으로 굴러간다는 확신. 이제 그 얼굴에 순수와 진득함은 없다. 몇 번의 쟁취가 최를 이렇게 만들었을까. 나는 관계를 부수고 마음을 수탈하며 기회 앞에서 사람을 저버렸다는 이야기들을 우쭐대며 말하는 그가 슬펐다. 그가 나를 만나러 온 것은 오직 그 승리를 전하기 위함이리라.

오직 자신이 매력적이어서 여기 살아남았다는, 그런 오만에 젖은 사람들을 본다. 누군가의 마음을 기만하고 관계를 새로운 곳으로 가는 발판으로 삼는, 그때그때 끌리는 곳으로 갔다가 떠나기를 반복하는. 그런 것이 섹시한 생존이며 그러니 자신도 섹시하다고 믿는 이들을 본다.

그들의 비열함이 정당하려면 세계는 단지 나만 살아남으면 그만인 게 당연한 살육의 현장이어야 할 테지만, 그건 그들의 바람일 뿐이다. 그들은 보통 모르거나, 모르는 척한다. 얼마나 많은 선의가 있어서, 얼마나 많은 약속이 지켜져서 관계라는 건물이 버티고 서 있는지를. 그리고 그들의 분별없는 약탈도 그 견고함 안에서나 가능하다는 것을.

최에게는 최의 삶이 있겠지만 나는 더 궁금해하지 않기로

이게 다
외로워서 그래

했다. 그것으로 끝까지 승리하기를. 나는 적금처럼 넣어둔 마음을 찾으러 가 내 오랜 사람들과 삶을 함께할 것이다. 카페를 나선다. 나는 신의를 모르는 자들이 참 싫다.

체크남방이란

뭘까

체크남방이란 뭘까. 왜 살 때 이쁘고 착용 3회 안에 촌스러워
질까. 옷에 질린다는 느낌이 아니다. 아직 내 옷인 게 적응되지
않았음에도 불구하고 벌써 촌스러운 것이다. 집에 들고 오는
동안 체크의 간격이 바뀐 것도 아닌데. 그러고서 밖에 나가면
또다시 예쁜 체크남방이 눈에 들어온다. 오, 편하게 입기 좋겠
군. 근데 그게 집에 내팽개쳐진 체크보다 뭐가 어떻게 세련되
고 괜찮은 체크냐고 물으면 그 차이를 전혀 설명할 수 없다. 그

이게 다
외로워서 그래

냥 다 체크고 다 남방이다. 매년 체크남방이 나오는데 다들 자기가 세상에서 제일 체크남방이다. 유행은 돌고 돈다는 표현이 있지만 체크남방에는 무슨 유행이 있고 그런 게 아니다. 뭐가 신상이고 구제인지도 의미가 없다. 가게에 걸려 있으면 신상이고 집에 걸려 있으면 구제지. 실제로 내가 스무 살 때 입던 체크남방의 패턴과 정확하게 똑같은 패턴을 작년에도 봤다. 정말 체크남방 뭘까.

체크 감옥

이게 다
외로워서 그래

너무 웃긴 일은 생각해 보면

슬픈 일이다

유튜브에서 '인종차별소풍'이라고 검색하면 나오는 영상이 있다. 얼굴이 잔뜩 클로즈업된 흑인 청년이 친구들과 둘러앉아 어린 시절의 썰을 푸는 영상이다. 학교에서 현장학습을 갔는데 백인 선생님이 자신을 포함한 흑인 친구들에게 땡볕 아래서 목화를 줍게 했다는. 그는 아무것도 모를 나이라 신나서 목화를 땄는데, 심지어 선생님은 아이들이 봉투에 담아 온 목화를 집에 가져가게 하는 게 아니라 제출받아 한데 모았다. 왜인지 그는 반항심에 몰래 주머니에 목화를 한 줌 챙겨 집으로 갔고, 그 덕에 체험학습의 내용을 알게 된 그의 엄마가 학교에 가서 선생님에게 쌍욕을 하고 학교를 엎었다는, 그런 이야기다. 듣고 있는 친구들은 내내 폭소를 터뜨린다.

하나 더, '강한 용사 여호와'라고 검색하면 나오는 영상이 있다. 어느 큰 교회의 무대에 오른 사람이 찬송가를 부르는 영상이다. '강한 용사 여호와'라는 구절을 거듭 고음으로 내지르며 끝나는 곡인데, 그는 긴장한 탓인지 삑사리를 내버린다. 아직 보지 않았다면 한번 보기를 추천한다. 단언컨대 당신이 살면서 들어본 그 어떤 삑사리보다 충격적일 것이다. 노래하다 삑사리 좀 날 수 있지, 그런 정도가 아니다. 당사자의 삶에 이 정도의 임팩트로 남을 사건이 다시 있을까 싶을 정도다. 물론 보는 사람에겐 충격적으로 웃기다.

다양한 웃음이 있다. 흐뭇한 미소도 있고 피식거림도 있고 많이 웃기진 않지만 즐겁고 싶어 일부러 소리를 키우는 웃음도

° 남북전쟁 전 미국 남부의 농장주들은 목화 재배를 위해 흑인 노예의 노동력을 착취했다.

이게 다
외로워서 그래

있다. 그중 최고는 폭소다. 고전적인 표현으로 포복절도나 요절복통이라 할 수 있는 웃음. 상체가 앞뒤로 휘청이고, 눈물이 고이고, 옆 사람 팔을 때리고, 나도 팔이나 등을 얻어맞고, 복통을 호소하고, 물개 박수를 치고, 빨개진 얼굴에 10여 개의 주름을 만드는. 체면 따위는 차릴 수 없을 정도로 미치게 웃겨서 터뜨리는 웃음 말이다.

최근에 이런 생각이 들었다. 너무 심하게 웃기다 싶은 일은 가만 생각해 보면 슬픈 일이더라는. 자지러지게 웃긴 흑인 청년의 유머는 뼈아픈 인종차별의 역사가 그 재료다. 역대급 빽사리가 역대급으로 웃긴 이유는 그게 역대급 굴욕이기 때문이고, 얼마나 창피할까. 가늠할 수 없을 만큼의 수치심이 그 재미의 근간이 된다. 진정 그 정도로 신나게 웃으려면 어쩔 수 없이 누구든, 어느 집단이든 상처받거나 곤란을 겪으며 재물로 바쳐져야 하는 걸까. 슬랩스틱 코미디를 예로 들자면 빙판길에 살짝 삐끗하는 정도로는 턱도 없다. 어디 한두 군데, 꼬리뼈나 십자인대가 완전 박살났겠다 싶을 정도의 꽈당은 해줘야 폭소가 터지니.

그 발견이 나름 큰 수확같이 느껴져 처음엔 신도 났다. 무슨 세계의 중요한 비밀이라도 찾아낸 것처럼. 물론 금세 뒷맛이 씁쓸해졌다. '여태 난 무엇에 즐거워하고 있었나'라는 물음으로 이어져 나 자신이 좀 징그러워졌다. 그 생각에 사로잡혀 있던 나날 중 하루는 꽉 막힌 강변북로 위에 있었다. 눈앞에 줄지어 선 차 속 사람들은 어떨지 궁금했다. 나만 이렇게 남의 아픔을 보고 웃어온 건 아니었으면.

얼마 뒤 어딘가에서 "아무도 상처받지 않는 코미디란 없다"라는 말을 주워 읽었다. 한참 생각한바, 어디서 주워 읽은바, 적잖이 살아온 삶을 돌아본바 정말 그럴지 모른다. 아니, 아마 맞는 것 같다. 너무 웃긴 일은 사실 슬픈 일이다.

그날 강변북로를 빠져나온 이후 세상에 존재하는 우스운 사건들이 새롭게 다가왔다. 웃긴 일이 실은 슬픈 일이라고 한다면, 웃음과 슬픔은(그걸 좋음과 나쁨이라고 해도 괜찮을지 모르겠지만) 남이 아니지 않을까 싶었다. 진지하게 들여다보면 어떤 일을 두고 단순히 웃기다거나 마냥 슬프다거나 한쪽으로만 말하기 어려운 거 아닐까.

최근에는 친구가 연인의 거듭되는 바람에 이골이 나 이별한 이야기를 들었다. 세 시간 조금 모자라게 앉아 이야기하는 동안 테이블 위에 올라온 감정은 몇 가지였을까. 그건 웃기기도, 슬프기도, 괘씸하기도, 그 와중에 다행스럽기도, 안쓰럽기도, 꼴사납기도, 운이 없기도, 운이 좋기도 한 일이었다.

　　동전의 양면이랄까, 주사위의 여섯 면이랄까, 손에서 놀릴 수 있는 물건으로는 비유하기 어려울 만큼 세상일에는 많은 면면이 있다. '웃프다'는 시쳇말의 무게가 처음 들었을 때보다 수십 배는 묵직하게 다가온다. 거 되게 심오한 말이었네. 그래, 이렇다거나 저렇다고 단순하게 말하기란 어렵다. 웃긴 건지 슬픈 건지 좋은 건지 나쁜 건지 잘 모를 일들이다. 당장 어제나 오늘이나 꽉 막힌 강변북로가 명백히 짜증스럽기는 해도.

내가 그것들을

계속 사랑할 수 있기를

신촌 로터리에 신호가 걸리고, 나는 핸들에 턱을 괸 채 옛일을 떠올렸다. 현대백화점 옆 공원 옆이었다. 가만, 저 공원 이름이 뭐였더라. 이름이라고 할 만한 게 있었던가. 나중에 안 사실이 지만 그 공원에는 창천문화공원이라는 제대로 된 이름이 있었다. 아무튼 기억 속의 2011년, 그 공원에는 주로 널브러진 노숙자와 다수의 비둘기와 끊임없이 주변을 의식하는 불량청소년들이 있었다.

이게 다
외로워서 그래

그리고 쉬러 나온 백화점 식품관 직원들이 있었는데 내가 그중 하나였다. 내가 일하던 곳은 그 프랜차이즈 브랜드의 전국 매출 2위 매장이었고, 그래서 나는 많은 날을 혼이 빠지게 일해야 했다. 그러다 15분씩 휴식 시간을 받으면 공원에 앉아 젖은 겨드랑이를 말리며 공원 풍경을 관망하곤 했다.

앞서 나열한 공원의 주 고객층을 통해 예상해 볼 수 있듯 그 공원은 평소 생기가 있다기보다는 어딘가 너절하고 맥 빠지는 풍경을 하고 있었다. 어떤 의미에서는 그래서 진짜 공원 같기도 했다. 도시의 쾌적함을 저해하긴 해도 노숙자와 비둘기와 불량청소년만큼 공원이 필요한 존재들은 없으니까. 갑자기 그 공원을 회상한 건 어떤 특별한, 그곳답지 않았던 한 장면이 떠올랐기 때문이다.

어느 저녁, 나는 휴식 시간을 받아 공원으로 나갔고 이색적인 장면을 마주했다. 분위기와 옷 색깔로 보아 연세대 댄스 동아리 사람들이 나온 것 같았다. 그들은 정기공연 같은 걸 끝낸 뒤 흥이 꺾이지 않아 공원 한가운데 터를 잡고 순서대로 한 명씩 춤을 추며 노는 것으로 보였다. 미니 앰프에선 조악하게 믹스된 비트가 흘러나왔다. 그들은 하나같이 벌게진 얼굴로 팝핀이나 락킹을 추는 동료를 둘러싸고 앉아 땀에 전 채 깔깔거리거나 박수를 쳤다. 멀찌감치 앉아 있던 나는 즐거움을 티 내지 않으려 애쓰며 그 풍경을 관람했다. 지겨운 노동 중에 만난 뜻밖의 유희였다.

그 이색적인 풍경 중에서도 유독 한 장면이 수년이 지난 지금까지 기억이 난다. 그 장면은 무리에 있는 줄도 몰랐던 웬배 나온 아저씨 한 명이 동아리 회장처럼 보이는 후배 손에 원 중앙으로 끌려나오는 모습부터 시작된다. 증권회사에서 일할 것 같은 외모의 고학번 선배는 나름 고심해서 입고 나온 듯한, 거진 15년 전에나 거리에서 볼 수 있었던 영어가 잔뜩 적힌 박스티로 땀을 닦으며 머쓱하게 웃었다. 후배들은 환호성을 내질렀고, 나는 왠지 벅차 흐뭇하게 미소 지었다.

잠시 쭈뼛거리던 그 선배가 추던 춤을 기억한다. 투명 벽을 짚고 좌우로 미끄러지는 듯한 동작이었다. 팬터마임 pantomime 의 한 종류로 피에로들이 할 법한 동작인데, 아무튼 나는 그 춤을 지켜봤다. 저런 춤도 그 아저씨가 대학생이었을 무렵에는 꽤나 멋스러웠겠지. 한때는 샌님들의 부러움을 사고 여학우들의 시선도 받았을 테지. 뿌듯함과 쑥스러움이 버무려진 그 선배의 표정과 동작, 가벼운 조롱과 제법 뜨끈한 찬사가 섞인 후배들의 반응을 지켜보며 나는 쓸쓸하고 아련한 기분에 빠져들

이게 다
외로워서 그래

었다.

그래, 다 추억으로 사는 거 아니겠나. 왕년에는 꽤 먹어줬을 그 춤에는 돌아갈 수 없는 시절에 대한 향취가 있었다. 동아리방 캐비닛 속 기수 앨범에 간직된 힙합 바지의 청춘들, 이제 사라진 브랜드의 목 늘어난 티셔츠를 옷장 구석에서 꺼낼 때의 기분, 그런 것들은 팔꿈치가 쩍쩍 들러붙는 학교 앞 국밥집 테이블처럼 마음 한 켠에 끈적하게 눌러앉아 있다. 추억 속의 추억이랄까.

나는 신호가 바뀌기 전까지 잠시 그렇게 2011년도에 앉아 한물간 춤꾼의 왕년을 회상했다.

오늘 내가 듣는 음악도, 요즘 핫한 춤도 언젠가는 그 어수룩한 피에로의 춤처럼 빛을 잃어갈 것이다. 그래도 난 내가 그것들을 계속 사랑할 수 있기를 바란다. 지나온 삶에서 그런 촌스러운 몸짓들을 덜어내고 나면 과연 우리에게 뭐가 남을까. 과거에 매여 있는 것과 추억을 간직하는 것은 다른 것이리라. 어떤 추억은 언제까지나 간직하고 싶다.

신호가 바뀐다. 나는 그 아저씨의 시절을 추억하던 나를 추억하며, 엑셀을 밟고 그렇게 또 한 시절을 백미러 너머로 떠나보냈다.

상처의

연대기

그는 자신이 상처받았기 때문에 심사가 뒤틀렸고, 그래서 남에
게 상처 주는 것도 어쩔 수 없다고 말했다. 나는 10여 번 그랬
듯 또 다정한 말로 그를 안아줘야 하나 잠시 생각했지만 그날
은 그러지 않았다. 서운함을 감추지 못하는 그의 얼굴을 뒤로
하고 택시에 올랐다. 차창에 비스듬히 몸을 기댄다. 빠르게 흘
러가는 창밖 풍경을 보며 그 상처의 연대기에 대해 생각했다.
그가 지금 만나는 여자친구의 복장과 귀가 시간을 단속하는 건

이게 다
외로워서 그래

전 여친이 틈만 나면 한눈을 팔았던 상처가 있어서라고 했다. 그러면 그의 전 여친은 왜 그랬을까. 그녀는 학창시절 따돌림을 당했던 경험으로 인해 사랑과 인정에 대한 갈급이 비대해졌을지 모른다. 그러면 그녀의 친구들은 왜 그녀를 따돌렸을까. 그건 선생님이 그녀만 편애했기 때문일지 모른다. 선생님은 왜 그녀만 편애했을까. 임용 2년 차 초보 선생님에게는 통제할 수 없는 학급 분위기 속에서 유독 착실한 그녀만 자기 맘을 알아주는 것 같아 예뻐 보였을지 모른다. 그리고, 그리고, 그리고 또⋯⋯.

거슬러 올라가 봐야 알 일이지만, 사연 없는 사람은 아무도 없다. 나도, 내 앞의 사람도, 그 앞의 사람도 다 설명하고 싶은 이유 비슷한 것은 있다. 다만 그게 다들 지키고 사는 것을 지키지 않아도 되도록 해주는 면죄부는 아니다. 내가 어쩔 수 없어서 누군가에게 상처를 줬다면 내게 상처 준 이들도 얼마든지 어쩔 수 없었다고 볼 수 있지 않나.

"저 개 같은 새끼가!"

급브레이크. 온종일 도로 위를 달리면 누구나 이렇게 되는 걸까. 아니, 그냥 운전자가 이런 사람이어서다. 상처 위에 주저앉아 나도 그 가해 사슬의 일부가 되는 것이 당연하다고 말하는 사람이 있는가 하면, 상처를 딛고 일어나는 사람들도 있다.
기나긴 사슬의 굴레를 자기 앞에서 끊어내는 사람, 원망했던
사람들을 닮아가지 않고 진정한 승리로 발을 내딛는 사람들이
있다.

어떤 것으로도
대체할 수 없는 면역력

사랑이 많은 집에서 자란 아이들은 당할 수가 없다. 아직도 엄마와 아빠가 손을 잡고 뽀뽀를 한다는 그 집에서 그들이 먹고 자란 사랑과 따뜻함은 다른 어떤 걸로도 대체할 수 없는 면역력을 만들어준다. 몸속 바닥부터 양질의 영양분이 꽉꽉 채워진 그들은 햇살 같지만 스스로가 왜 그런 건지 모르고, 그래서 더 햇살 같다. 고난이 없는 여정이란 없겠지만 모두에게 바람이 똑같이 불지는 않는다. 수통 없이 사막을, 우산 없이 빗속을 걷는 친구들을 생각한다. 출발점에서 받아야 했던 물품들을 제대로 지급받지 못하고, 구멍 난 신발로 세상 위를 걷는 친구들을 생각한다.

이게 다
외로워서 그래

인제터미널에서의

이별

"너 SK야, KT야?"

　그 말이 마지막이었다. 2009년 8월 11일이었고 나와 종
훈, 연대에서 유일한 알동기였던 우리는 제대 날 아침부터 부
산스러웠다. 일회용 필름 카메라를 들고 부대 여기저기를 다니
며 근무 중인 후임들과 사진을 찍고 종훈은 수송대, 나는 경비
소대에서 전역 신고를 했다. 우리는 마지막이라며 병사 식당
밥을 양껏 먹었고 종훈은 PX에서 아버지께 드릴 국산 양주를

샀다. 엉성한 행가래를 받고 위병소를 빠져나왔다. 인제터미널로 향하는 시내버스에선 어쩐지 둘 다 말없이 창밖 풍경만 바라봤다. 뻔한 말이지만 만감이 교차하는 그런 시간이었다. 종훈도 나와 같았을 테다. 인제터미널에 내리자마자 소변을 보고 버스표를 끊고 돌아와선 지하상가에서 국밥에 참이슬 한 병을 나눠 마셨다. 마지막 연초 두 개비, 허리가 꼬부라진 보급용 뚱디스를 나눠 피웠고 종훈의 버스가 먼저 도착했다. 버스가 출발하기 직전 핸드폰 번호를 교환하며 종훈이 그렇게 물었고 내가 답했다.

"SK. 왜?"

그 말이 마지막이었다. 종훈이 그걸 왜 물었는지는 여태 알지 못한다. 아무 뜻 없이 물은 것일 수도 있다. 아무튼 그 시답잖은 대화가 2년 내내 함께했던 동기와 나눈 마지막 말이었고, 그날 했던 다시 만나자는 약속과 달리 우리는 10년이 지난 지금까지 만남은커녕 전화 한 통도 나누지 못했다.

마지막이라는 게 늘 인연의 깊이에 어울리는 모습을 띠지는 못한다는 생각을 한다. 2년 내내 기다렸던 예정된 이별도 그토록 아쉽고 허무한데, 갑작스러운 마지막들은 오죽할까.

돌아보면 그런 후회가 있다. 우리 언제 놓쳐버릴지 모를

이게 다
외로워서 그래

마지막을 위해 중요한 말들을 아껴놓아야 할까. 고마웠다고, 함께여서 좋았다고 영영 말하지 못할지도 모른다. 그러니까 오늘, 지금 해버렸으면 좋겠다. 고맙다고, 함께여서 참 좋다고.

하이파이브

가끔 달리기를 하고 있다. 코스는 늘 집 근처의 불광천이다. 주로 이른 오전에 나가는데 한산해서 좋다. 오후나 저녁과 달리 나란히 걸으며 대화하는 사람들을 피하지 않아도 되고 죽 달릴 수 있다. 이 시간대에는 홀로 나오는 사람이 대부분인데, 보통 누구보다 빨리 나와서 누구보다 느리게 걷는 어르신이거나, 나와 같은 아침 달리기 주자들이다. 텅 빈 보도를 달리며 어르신 몇 분을 앞지르다 보면 저만치서 마주 오는 주자가 한 명씩 보인다. 그러면 나는 그와 하이파이브를 하고 싶어진다. 아무 예고나 대화 없이 달리는 중에 왼손을 척 들어 올린다. 마주 오던 상대가 나의 의도를 알아차려 역시 흔쾌히 손바닥을 들어서는 시원하게 하이파이브를 한다. 그런 뒤 아무 일도 없었다는 듯 각자 달리던 방향으로 멀어지는 것이다. 마치 아침 달리기 주자라면, 혹은 은평구 주민이라면 으레 다 그렇게 한다는 듯이.

일찍 일어나셨군요, 부지런하시네요, 저도 용케 이 시간에 나왔습니다, 아시겠지만 집을 나서기까지가 참 쉽지 않습니다, 그래도 일단 나오기만 하면 역시 나오길 잘했다는 생각이 들잖아요? 그런 우리를 대견해합시다, 텅 빈 주변을 보세요, 이거 정말 쉽지 않은 거라고요, 햇살이 뜨겁긴 한데 분명 다 뛰고 나면 개운해질 겁니다, 지금 우리 정말 근사하게 하루를 시작하고 있는 거예요, 힘차게 달리고 있는 당신을 보니까 더 강한 확신이 드네요, 가던 길로 계속 쭉쭉 치고 나가시길 바랍니다, 자, 화이팅!

그런 마음이 함축된 손바닥을 내밀고 싶다. 아무튼 열심히 달려보려는, 한번 진지하게 살아보려는 그를 알아봐 주고 격려해 주고 싶다. 다른 듯 비슷하게 살아갈 서로의 오늘 오후와 내일을, 나아가 생애라고 해도 좋을 시간을 상상해 본다. 스쳐가는 그의 입가에 움푹 패일 보조개를 떠올려 본다.

　잔뜩 바라고 있음에도 나는 한 번도 그걸 실행한 적이 없다. 아무것도 시도하려 한 적 없다는 듯 달리기를 이어간다. 그래, 뭐, 역시 아무 일도 일어나지 않는 거지. 산뜻하고 충동적인 일을 상상하면서도 한편으로는 재고 따지고 염려해 상식 밖으로 좀체 뛰쳐나가지 못하는 사람. 그런 나 자신을 본다. 조금, 안쓰럽다.

　그래도 상상은 거듭된다. 그건 상상하지 않는 것보다 상상하는 쪽이 더 즐겁기 때문일 거다. 나와 이름 모를 상대방에게 그런 유쾌한 사건을 선사하고 싶다. 서로의 마음에 기분 좋은 파문을 만들고 싶다. 소심하지만 그런 것을 소망한다. 이른 아침 달리기를 하며 나는 종종 그런 음모를 떠올린다.

다 먹고살자고 하는 짓이란 넋두리는 언제부터 습관이 되었을
까. 실은 먹고사는 게 다가 아니란 걸 알기 때문인지도 모르겠
다. 밥을 먹으면 배는 채워지지만 그걸론 해결되지 않는 가슴의
허기가 있다. 뭘 먹는지보다는 누구와 먹는지가 더 관건인.

'기어오르지 말라'는

말

동네 작은 밥집에 들어섰다. 저렴한 가격에다 두서없이 다양한 메뉴가 있는, 밥을 먹는다기보다는 한 끼 때운다는 표현이 더 어울리는 식당이었다. 대충 음식 하나를 시키고 자리에 앉았다. 식당 안에는 혼밥 중인 사람 서너 명이 앉아 있었고, 한 테이블에만 사람이 셋이었다. 어른 둘에 아이 하나. 초등학생으로 보이는 남자아이와 그의 아빠 그리고 아빠의 지인 정도로 보였다. 당연히 대화는 그 테이블에서만 나오고 있었다. 대화

라기보다는 아이의 일방적인 수다를 어른들이 받아주는 식이었다. 음악이나 라디오 소리 하나 없는 식당 내부에 변성기가 오지 않은 남자아이의 높은 목소리가 울려 퍼졌다. 가장 멀리 앉은 내게까지 들렸으니 모든 사람이 들을 수 있을 터였다.

'일진'이라는 단어가 귀로 혹 들어온다. "아, 민성이 걔도 일진이에요~" 비슷한 말이었다. 그 목소리와 가까운 쪽의 귀가 움찔하는 것을 느낀다. 앞선 말보다 두세 레벨은 더 큰 목소리로 다음 말들이 들려온다. 누구는 일진이고 누구는 일진이라기엔 좀 애매하고, 자신들이 정한 일진의 기준은 무엇이고 따위의 이야기였다. 친구 누가 누구를 두들겨 팼다는 이야기를 할 때는 아이의 목소리에 흥분감이 더해졌다. 아이는 어른들이 자기 이야기에 주목하고 있음에 신이 난 듯했다. 간간히 섞여 들려오는 두 어른의 추임새가 다행히 진심으로 흥미로워하는 것처럼 느껴지지는 않았다. 나는 아이의 그 천진함이 불편해 이어폰을 꺼내려다, 관뒀다. 더 듣고 싶은지 듣고 싶지 않은지 알 수 없는 상태로 무력하게 수저를 들며 옛일을 생각했다.

급식차부터 떠올랐다. 고등학교 점심시간, 그 시절 사립학교를 제외한 대부분의 학교가 그랬을 텐데, 급식소가 따로 없던 우리 학교는 급식실에서 준비한 급식차를 주번들이 각 반

이게 다
외로워서 그래

앞 복도로 끌고 와 배식을 했다. 식사는 각자 책상에서 했고, 배식은 선착순이었다. 빨리 밥을 먹고 축구든 뭐든 하며 점심시간을 길게 쓰고 싶은 친구들은 종이 울리기가 무섭게 복도로 나가 줄을 섰다. 따지고 보면 복도에 서서 급식차를 기다리는 것도 점심시간을 소모하는 일이니 몇몇은 아예 늦게 먹겠다고 자리에 앉아 쉬거나 매점으로 향하기도 했다. 하지만 대부분은 우르르 달려 나가 복도에 줄을 섰다.

그 와중에, 일진들은 줄을 서지도 밥을 늦게 먹지도 않았다. 그 일을 이야기하려 한다. 느긋하게 교실에 앉아 있다가 급식차가 오면 그제야 교실 앞문으로 걸어 나가 아무렇지 않게 미리 줄 서 있던 아이들 맨 앞에 서던 그 일을. "오늘은 고기 여분 따로 없대, 소시지는 인당 다섯 개야." 주번이 전달사항을 말해도 그들은 자신에게는 해당사항이 없다는 듯 아무렇지 않게 양껏 퍼 담았다. 마지막에 받는 친구들은 반찬이 모자라는 와중에 일진들은 반찬이 남아서 버리기도 했다. 그 일은 늘상 일어났다. 일어났다고 하기도 무안할 만큼 매일 아무렇지 않게 일어났다.

그중 한 악질, '김'의 얼굴이 떠오른다. 모두가 지키는 규칙을 일진 무리를 대표해서 가장 주도적으로 어기던 그 얼굴이. 줄도 서지 않고, 청소도 하지 않고, 빌려 간 교과서나 체육복이나 돈을(빌린다는 건 야만적인 태도를 감추는 표현일 뿐 갈취라고 보는 것이 맞다) 제때 돌려주지 않으면서 조금도 미안해하지 않는 태도. 거기에 도대체 무슨 논리랄 게 있었을까. 누구나 세상 위에 서 있는 자기 모양새에 대해 나름의 정당성을 마련해 놓고 있겠지만, 살면서 만나는 몇몇 인간에게는 무슨 논리가 있을지 가늠조차 할 수 없다. 정말 그래도 괜찮다고? 정말 그렇게 행동하는 자신을 나름 좋은 사람이라고 생각한다고?

다음으로 떠오르는 건 "기어오르지 마라"라는 말이다. 살면서 절대 잊을 수 없는 말이 몇 가지 있는데, 그중 가장 지독한 악취를 풍기며 남아 있는 말이다.

고등학교 때 우리 반을 대표하는 까불이가 한 명 있었는데, 워낙 위트 있고 구김이 없는 성격이다 보니 일진들과도 일정 부분에선 친구처럼 지냈다. 그 친구가 그걸 꽤 자랑스럽게 여기고 있었던 것도 같고. 그 친구와 김이 매점을 다녀왔는데 무슨 일이 있었는지 갑자기 김이 그 친구를 때리기 시작했다. 금방 주변에서 달려와 김을 말렸는데, 그때 김이 씩씩거리며 그렇게 말했다. "기어오르지 마라, 알았나?"

김은 진심으로 화난 것처럼 보였다. 지켜져야 할 자신의

명예랄까 위신 따위가 심각하게 모욕당한 사람의 얼굴이었다. 나중에 들어보니 각 반 일진들이 한데 모여 있던 매점에서 까불이가(아마도 반에서 평소 하던 것처럼 편하게) 김의 과자 봉지에 아무렇지 않게 손을 집어넣어 과자를 집어 먹었다는 거다. 김은 그게 화가 나서는 그런 분한 얼굴이 되었고. 자신은 매일 아무렇지 않게 하는 그 행동이 화가 났다는 거다. 같은 나이, 같은 학년인데 어디서 어디로 '기어오르는 게' 성립될 수 있는지 모르겠으나, 김은 분명히 그 위계를 인지하며 살았다는 말이 된다.

나는 어쩌면 그럴 수도 있겠다고 생각했지만 그렇게 이른 나이에 진실을 알고 싶지는 않았다. 결국 세상이 이런 식, 이따위의 것이란 걸 알고 싶지는 않았다. 그 대사와 장면은 아마 내게서 영원히 잊히지 않을 것이다.

10여 년이 훌쩍 지나서 고등학교 동창과 오랜만에 고향에서 밥을 먹었는데, 그때 김의 이야기가 나왔다. 김이 그 친구가 운영하는 가게에 왔다는 이야기였다. 아저씨가 되어서, 자기 아들의 손을 잡은 채로. 친구는 어쩐지 흐뭇한 얼굴이 되어서는, 김이 자신을 알아보진 못했지만 전과 달리 신사적인 어른,

다정한 아버지의 모습이었다고 설명했다. 친구의 말은 뭐랄까, 정말이지 뭐랄까, 그래, 나를 슬프게 했다. 나는 너무 슬펐다. 아, 친구들을 힘으로 찍어 누르고 제멋대로 굴던 일진 생활을 정리하고 이제 어엿한 아버지가 되었다니 대견하게 생각해야 하나. 갱생했다니 응원이라도 보내야 하나. 내 친구는 왜 이 이야기를 코끝 찡한 결말처럼 이야기하나. 어쩌면 나만큼 친구에게도 그 시절이 큰 멍에여서일까. 아무튼 그 시절은 지나갔고, 아무튼 이곳은 그 교실이 아니고, 아무튼 그래, 그때도 나쁘지만은 않았다고 정리해야, 또 그럭저럭 한 시절을 용서하고 가뿐하게 살아나갈 수 있는 거니까?

일진들이 저지른 일이라는 게 이렇다. 그날 그 교실의 우리 모두를 직접적 피해자이자 간접적 가해자이자 방관자로 만들어놓고, 이제 와선 그 시절도 꼭 나쁘지만은 않았다며 우리를 추억을 견디는 위선자로 만들어놓는다. 이 슬픔은 짊어질 순 있으되 잊어버리진 못할 애매함이 되어 영영 내 삶을 기분 나쁜 무게로 짓누르겠지.

아이야, 너희 아버지가 순서 따윈 무시하고 늘 1등으로 밥을 먹었다는 사실을 알고 있니. 혹시 네 아버지도 너에게 친구들과 사이좋게 지내라고 가르치시니. 아니면 너보다 약한 이들

이게 다
외로워서 그래

은 얼마든지 짓밟아도 좋다고 가르치시니.

여전히 남자아이는 천진한 목소리로 떠들고 있다. 입맛이 없다. 싼 게 비지떡이라더니, 다신 여기 오지 말아야지. 김의 이야기를 듣던 날 친구와 먹었던 밥에서도 이런 맛이 났던 것 같다. 식사를 마친 손님들이 하나둘씩 일어난다. 저들은 어떤 추억을 씹고 어떤 맛을 느끼며 식당을 나서고 있을까.

당최 무슨 맛인지도 모르겠으나 또 한 숟가락을 뜬다. 아무튼 먹어야 살 테니. 삶이란 게 무슨 맛인지는 몰라도 차려져 있으면 일단 삼켜야 내일 식사로 넘어갈 수 있는 것일 테다.

밥맛이 쓰다. 모두가 저마다의 소화불량으로 살고 있다.

조금은 구닥다리인
사람이 좋다

모든 면에서 첨단이며 최신인 사람들은 그 원숙도에 따라 어딘
가 조급해 보이거나 조금 징그럽거나 그렇다. 둘 다 내가 좋아
하는 모습은 아니다. 나는 뭐랄까, 조금 누락되었달까, 몇 개 정
도의 항목은 구닥다리인 사람들이 좋다. 아이폰을 쓰면서 종이
신문을 고집한다거나 와인의 종류를 꿰고 있으면서 점심으로
자주 먹는 건 노포의 시락국밥이라거나 빌리 아일리시Billie Eilish
와 공일오비015B를 7 대 3 정도의 비율로 섞어 듣는다거나. 갑자

118

기 최신과 거리가 뚝 떨어지는 그런 지점들은 그 사람만의 향기를 만드는 데에 소량이지만 중요한 한두 방울이 된다. 그 한두 방울은 나에게 고집, 깊이, 세계관, 고독, 자신과의 대화 같은 말을 떠올리게 한다. 어느 하나 멋지지 않은 것이 없다. 그 짙은 향기란.

락앤락의

여행

고유명사가 보통명사가 되는 경우가 있다. 특정 브랜드나 제품 이름이 비슷한 물건의 전체 카테고리를 지칭하게 되는 것이다. 에프킬라, 대일밴드가 그렇고 의외로 스카치테이프와 초코파이도 그렇고 더 많이 의외라고 생각하는데 딱풀도 그러하다. 그리고 락앤락이 있다. 내용물이 새지 않고 위생적인 플라스틱 용기라면 보통은 그렇게 부른다.

그것들은 생각 않고 살다가 보면 어느새 잔뜩 쌓여 있다.

이게 다
외로워서 그래

부엌 수납장을 열었다가 놀라곤 한다. 이놈의 통들이 번식이라도 하는 건지 개중엔 정말 한 번도 쓴 일이 없는 것 같은, 아주처음 보는 것도 있다. 수납장을 닫고 잠시 머리카락이 길었던때를 회상한다. 사도 사도 죄다 사라져 버리는 것이 머리 고무줄이라면, 한 번도 산 적이 없는데 자꾸 쌓여가는 건 이 락앤락이리라. 정말 출처를 모른다는 뜻은 아니다. 다만 삶의 많은 것들이 그렇듯, 알고는 있지만 매번 새삼스럽다.

내 서울 집의 락앤락들은 보통 다 부산 출신이다. 부산 집에서 머물다가 내일쯤 올라갈 거라고 하면 엄마는 그때부터 빈통들을 꺼내 뭔가를 담는다. 딱히 나에게 뭔가를 묻지도 설명하지도 않은 채 장을 봐 와선 한참 볶고, 졸이고, 무친다. 그 몸짓은 뭐랄까, 너무 당연히 해야만 하는 일처럼 무감각하게 이루어진다. 마치 아들이 가는 서울이라는 곳엔 인간이 먹을 수있는 게 전혀 없거나, 음식은 있지만 다 큰 아들이 그것을 사거나 차려 먹을 능력이 전혀 없다고 여기는 것 같은 몸짓. 괜찮다고, 아무것도 안 해도 된다고 몇 번 말을 던져도 돌아선 엄마의좁은 어깨는 들은 체도 않고 넘실거린다. 그렇게 얼마 안 있으면 짭조름한 걱정이나 매콤한 당부 같은 것이 통에 꾹꾹 눌러담기고 뚜껑의 네 방향이 야무지게 딱딱 소리 내며 잠긴다.

몇 년 전부터는 부산에 갈 때 주로 비행기를 이용한다. KTX 요금이 너무 비싸서 그러지 않을 이유가 없어졌다. 비행기표를 당일에 구매하는 게 아니라면 보통은 훨씬 더 싸고 빠르게 부산에 다녀올 수 있다. 여행 갈 때나 이용했던 공항도 이제 버스터미널이나 기차역처럼 조금 일상적인 공간이 되었다.

그런 일은 거의 없는데 뭐 때문이었나, 노트북 때문이었나 물병 때문이었나 모르겠다. 한번은 검색대에서 캐리어를 열어보라는 요청을 받았다. 확인차일 뿐 큰 문제는 없을 거란 걸 알았지만 약간은 난처해졌다. 열어젖힌 내 캐리어 한쪽에는 빈 락앤락이 레고 블록처럼 요리조리 끼워 맞춰져 있었다. 나와 젊은 공항 직원은 검색대 컨베이어 벨트를 사이에 두고 함께 그 장면을 내려다봤고 곧 직원은 네, 닫아주세요, 했다.

그때 직원이 미소 짓는 것을 봤다. 잠시 스쳐간 옅은 미소였지만 그 비슷한 장소, 상황에서는 한 번도 본 일이 없는 표정이었다. 그 미소를 본 누구라도 그것이 유의미한 무언가라고 생각했을 것이다. 캐리어 속 대량의 락앤락에서 그녀는 무엇을 보았나. 짧은 순간 그녀는 공항 직원이 아닌 어느 집 딸의 얼굴이 되었다. 나는 여행자의 짐이라기보단 너무 집구석스러운 걸 보여준 게 좀 창피했으나 그녀의 미소를 본 것으로 그 일을 흐

못하게 넘길 수 있었다.

특정 브랜드나 제품 이름이 비슷한 제품군 전체를 지칭하는 경우가 있다. 햇반이 그렇고 포스트잇이 그러하며 페브리즈와 스팸이 그러하다. 그리고 세상에는 플라스틱 용기들의 여행이 있다. 주로 두 지역을 오가지만 늘 한쪽에서만 무언가가 담기고 돌아올 땐 우르르 빈 통이 되어 돌아오는. 나는 오가는 곳도, 담기는 것도 다 다르지만 사실은 다를 게 없는 그 여정들도 하나로 묶어 부를 수 있지 않을까 생각했다.

'해'보겠다는

것

사랑해. 나에게 그 말은 언제나 '지금' 그렇다는 결론이 아니라 '앞으로' 그러겠다는 선언이었다. 여태 사랑을 해왔다고 말하려면 그게 뭔지를 알아야겠지. 그런데 일단 사랑이 뭔지를 모른다. 그게 뭔데? 아무리 적어도 사랑의 정의가 이 행성에만 60억 개쯤은 될 텐데. 이것이야말로 사랑이구나 믿었거나 거의 믿을 뻔했던 삶의 장면들을 모두 그러모아 놓고 봐도 사랑의 정의 전체를 아우를 수 있는 말은 없었다. 웃다 실성할 뻔했

이게 다
외로워서 그래

다가 이렇게 울면 죽을 수도 있겠다 싶었고 데일 듯 뜨겁다가도 얼어 죽게 춥기도 했었다. 그 범위를, 그 안에서 일어난 일을 다 사랑이라고 해버리자면 여태 살아 숨 쉬며 한 게 몽땅 사랑인 것 같기도 하다. 그래, 아무튼 그러니까,

사랑해. 내게 그건 늘 결론이 아니라 선언이다. 여태 탐구했으나 정체를 알 수 없는, 세상 가장 즐비한 말인데도 아직 의미를 알 수 없는 그것. 관계와 삶을 빛내거나 초라하게 만드는 일 모두에 가장 강력한 힘을 가진 그 행위를, 그 숭고하고 번거로운 우당탕탕을 이제 너를 향해 해보겠다는 선언. 길가의 쓰레기통도 귀여워 보이던 날들과 전봇대를 붙잡고 꺽꺽거리던 날들을 끼고 돌아 오늘의 골목에서 우리는 다시 서로에게 '사랑해'라고 말한다. 아직도 뜻은 모르지만 그래서 그 말은 감동적이다. 뜻도 모르는 그 피곤한 여정을 아무튼 이제 너랑 '해'보겠다는 그 각오만은 선명하니까.

까짓 거 해보지, 뭐

오늘은 사랑이라는 걸 해보겠다!

햇님! 사랑해

사랑에 정의가 있다면 지구상엔 60억 개 정도 되겠지?

사랑? 그게 뭔진 몰라도 일단 해보겠어!

공기 사랑해

길바닥 사랑해

꽃들 사랑해

나 자신 사랑해 ♡

꼬옥—

휴~ 오늘도 열심히 사랑했다—

좀 피곤하군—

이게 다
외로워서 그래

사랑은

언제나 그곳에

혼자 운전할 땐 듣고 싶은 음악을 듣는다. 무슨 당연한 말인가 싶겠지만 평소 남에게 들키고 싶지 않은 올드한 음악 취향을 숨길 필요가 없다는 점에서 그 시간은 의미가 있다. 잘 보이고 픈 사람이나 취향 좋은 친구가 옆에 앉지 않으면 선곡은 한두 곡 이어지던 해리 스타일스Harry Styles, 톰 미쉬Tom Misch로 직진을 유지하지 못하고 곧 다음 차선에서 우회해 김경호나 박완규로 빠진다.

세기말을 전후로 유행하던 록발라드를 듣고 있자면 사랑이란 다 이렇게 비장해야 하는 걸까 싶다. 노랫말 속에서 록발라더들은 대개 연인의 이름을 부르며 눈밭에 쓰러지거나 그녀를 만나기 위해 천년을 거슬러 오르거나 웬 무덤 앞에 장미를 내려놓고 기타를 연주한다. 주로 누구 하나가 죽어서 다음 생을 기약하자는 뭐 그런 내용인데, 빡빡머리 중학생에겐 그 처절한 무드가 제법 근사하게 다가왔던 것으로 기억한다. 그래, 이 정도는 해줘야 사랑이지. 그런 거지. 크라이 포유, 웨이링 포유, 뽀에버 뽀에버.

물론 백미러 끝으로 떠나보낸 옛날의 감상이다. 지금 와서는 그 시절 감수성이 당시 학생증 사진만큼이나 누구에게도 보여주고 싶지 않은 치기로 갈무리되어 있다. 당연히 사랑은 그런 게 아니었다. 막상 살아봤더니 사랑이란,

"오늘은 늦게 오셨네요?"

평소 아무 말도 없던 주차 관리원 아저씨가 어느 날 건넨 너스레에 있는 것이었다. 차선이 합류되는 지점에서 양보를 받은 앞차가 깜빡여 주는 비상등에 있는 것이었다. 저마다 퉁명스러운 몸짓으로 갈 길 가던 차들이 구급차를 위해 양옆으로 비켜주는 모습에 마음이 뭉클해지기도 한다. 자신은 이미 지나

128

온 지점인데도 사고가 발생했으니 주의하라며 라디오로 소식을 전하는 사람들의 마음이란, 가슴이란, 그 사랑이란.

목숨이 위태롭거나 시공을 초월하는 순간까지 안 가도 괜찮다. 보려고 하면 사랑은 언제나 그곳에 있다. 주차 타워 앞에, 내부순환로 위에, 「57분 교통정보」에.

기다려
따라갈게 ~

천 년이 가도 ~

이게 다
외로워서 그래

치열해서

사랑스러운

김의 코를 좋아한다. 곧고 오똑하지만 조금 작다고 할 수 있는 그 코는 다른 모든 이목구비가 현대적인 김의 얼굴 중심에서 도시적 긴장을 무너뜨리고 따뜻한 흐름을 만들어낸다. 마치 도심의 공원처럼. 김은 실제로 냉철하기보다는 다정한 사람이고 그래서 그의 코는 그 심성의 현신처럼 느껴지기도 한다. 그래서인가. 나는 종종 그 코에게 고마움 비슷한 감정을 느낀다.

박의 눈은 인상적이다. 굳이 말하자면 눈이 크다고 해야겠지만 눈의 크기보다는 그 눈동자가 인상적이다. 물기가 거의 없이 속이 꽉 채워진 새카만 눈동자. 그 눈동자 덕에 그가 대상을 바라볼 때면 외형을 응시하는 것에 그치는 게 아니라 그 속의 본질 근처까지 가닿으려는 듯한 눈빛이 된다. 단순히 대상을 꿰뚫는 것을 넘어 그 안에 들어가 앉아보려는 눈빛. 사실 박이 진중하여 눈이 그러한 것인지, 눈이 그러하여 진중해 보이는 것인지는 알 수 없다.

　윤의 말투는 듣고 있자면 조금 답답하다. 자주 더듬고, 멈추고, 문장이 진행되는 도중에도 여러 번 단어를 고쳐 말한다. 그 덕에 말의 리듬도 상당히 불규칙한데, 사실 이것은 그가 매우 박식한 동시에 매우 사려 깊어서 생기는 현상이다. 만약 그가 하고자 하는 말을 자기 편할 대로 한다면 어려운 말이 쉽지 않고 빠르게 나올 것이다. 그 말을 이해가 잘되면서도 또 너무 멋이 없지는 않은, 그러니까 듣는 이 역시 지적인 대화의 참여자로서 자긍을 느낄 수 있을 만큼 친절한 언어로 바꾸는 데는 많은 노력이 필요하다. 윤의 더듬는 말투는 그래서 치열하고, 동시에 사랑스럽다.

이게 다
외로워서 그래

옷의 생애,

그 쓸쓸함

내가 옷에 관심이 없는 이유는, 옷에 투자할 돈과 센스가 없다는 근본적인 문제도 있겠으나 가끔 느끼는 어떤 쓸쓸함 때문이기도 하다. 매장에 걸려 있던 새 옷은 그때 가장 예뻤다가 내가 가지는 순간부터 빠르게 빛을 잃기 시작한다. 중요한 날 몇 번 입고 나면 금세 아무렇게나 설렘 없이 입게 된다. 나중엔 집에서만 입다가 결국 옷장 구석에 끼인 채 버려지기까지, 옷의 수명 중 가장 긴 시간 동안 방치된다. 옷장 문을 열어놓고 앉아서는 자주 난감해진다. 이 지루한 체크무늬 셔츠가 그땐 왜 그렇게 예뻐 보였는지 알 길이 없다. 옷이 상한 것도, 체크 패턴이 바뀐 것도 아닌데. 가끔 옷의 운명에서 쓸쓸함을 느낀다. 옷만의 운명이 아니라서 더 그럴지 모른다. 물건의 생애라는 게 다 그런 거라 생각하려 해도, 옷은 뭐랄까, 생긴 것부터 너무 사람이 떠올라서.

이게 다
외로워서 그래

졸업식

학창시절 중에 언제가 제일 좋았냐고? 나는 졸업식. 이렇게 말하면 보통 지겨운 교복 생활이 끝나서 좋았냐고 되묻더라고. 아니, 그런 이유는 아니었어. 그건 졸업식 날이 아니라 그다음에 이어지는 날들이 좋은 거잖아. 글쎄, 그런 식으로 생각하면 입학식이 제일 좋았어야 했을까? 입학할 땐 내가 전교 왕따가 될 줄 몰랐으니까.

졸업식이 제일 좋았던 건 밀가루 때문일 거야. 졸업식 날

아침에도 엎드려 자는 척하고 있었는데, 웬일인지 맨날 지각하
던 애들이 일찍 왔더라고. 사물함에 뭘 숨겨두는 것 같았어. 나
중에 다 뿌려버리겠다면서 낄낄대는 소리를 들었는데 재미있
어 보이더라. 혼자 피식피식 웃었지. 나랑은 아무 상관없지만.

애들은 내가 졸업장을 받을 때만 유독 과하게 박수를 치
고 환호했어. 익숙하지, 그런 거. 뭔지 알지? 뒤에 선 학부모들
은 모르고 반 아이들만 알 수 있는 딱 그 정도의 기류. 그럴 땐
다들 너무 합심이 잘돼서, 나도 거기 껴서 누굴 조롱해 보고 싶
더라고. 자기들끼리 찰떡같이 잘 통하니 재밌지 않았겠어? 담
임은 환호성을 듣더니 그냥 표정만 조금 굳고 모른 척하더라.
늘 그래. 선생도 다 알고 있지 왜 모르겠어. 근데 자기가 뭘 어
떻게 해줄 거야. 그냥 피곤한 일인 거야. 왜 하필 전교에서 따
당하는 병신이 자기 반일까 싶겠지.

그게 소리가 진짜 펑, 하더라? 아침에 작당하던 그 둘이
밀가루를 터뜨린 거야. 난리도 아니었어. 담임은 화내고 애들
은 웃고 학부모들은 우왕좌왕. 근데 뭐, 졸업식이잖아. 창문 다
열고 이래저래 수습하고 나니까 다 같이 웃음바다가 됐어. 담
임은 너희 진짜 못 말리겠다는 표정으로 웃다가 식을 끝냈지.

근데 우리 엄마, 아, 제발 오지 말랬는데 굳이 식당 일을

빼고 온 거야. 난 내내 뒤를 안 돌아봐서 몰랐지. 그냥 혼자 빠져나가려고 돌아서는데 엄마가 거기 있더라고. 누가 왕따 엄마 아니랄까 봐 옷도 혼자 말도 안 되게 촌스럽게 입고선. 진짜 땅으로 꺼지고 싶었어. 그러고는 눈치 없이 옆에 있던 애들을 붙잡아선 나랑 같이 사진을 찍게 하는 거야. 아, 엄마 제발 제발 제발 이러지 마. 진짜 속으로 거의 울었지. 몇 명은 또 어른이 넉살 좋게 부탁하니까 거절도 못 하고 쭈뼛쭈뼛하면서 사진을 찍어주더라고.

졸업식 분위기가 워낙 그렇잖아. 다들 평소 같지 않게 조금씩 들떠 있고 분위기도 어수선하고. 그래서 날 못 알아봤나? 다들 머리랑 교복에 밀가루가 잔뜩 묻어 있으니까 못 알아본 건지 못 알아본 척 해준 건지, 단체 사진을 찍는데 누가 내 어깨에 손을 올려주더라고. 난 우리 엄마 카메라 보느라 그 손이 누구 건진 몰랐었는데, 걔가 무슨 생각이었든 그냥 고마웠어. 울 엄마 흐뭇해하는 표정 보는데 다행이다 싶고.

그래선지 잠깐 동안은 착각 비슷한 걸 한 거야. 나도 너네랑 다르지 않다는 착각. 있지도 않은 추억 같은 걸 지어내서 회상하고, 속으로 "3년간 고생했다 친구들아, 사회에 나가서도 반갑게 인사하자" 뭐 이런 말도 해보고. 진짜 웃기지도 않지.

근데 그게 다 밀가루 때문이 아니었나 싶더라고. 밀가루는 나를 따돌리지 않았으니까. 나도 그날은 모두와 똑같이 밀가루 범벅이었으니까.

이게 다
외로워서 그래

엄마,

기억나?

엄마, 그날 기억해? 왜인지는 모르겠는데 그날은 큰누나도 작은누나도 없었어. 방학이라 학원에서 캠프라도 갔었나 보다. 아무튼 겨울이었고 내 생일이 며칠 안 남은 날이었을 거야. 엄만 내가 초등학교에 들어가면서 옷가게를 시작했고 그래서 늘 집에 없었지. 지금도 한잔 마시면 하필 그때 일을 시작하는 바람에 내 공부만 못 봐줘서 내가 누나들만큼 공부를 잘하지 못한 거라고 말하지. 그럴 땐 어쩌면 엄마가 똑똑한 사람이 아닌가 싶기도 해. 난 그냥 공부 머리가 없었던 건데. 여튼 나는 공부도 못하는데 딱히 씩씩하지도 않은 애였어. 얘는 이거다, 이거 하나는 잘한다 싶은 그런 게 전혀 없는 애.

그런 건 잘도 기억이 나지. 아, 그러고 보니 나 잘하는 거 있네. 엄만 맨날 내가 옛날 얘기 하면 넌 참 별걸 다 기억한다고 하잖아. 그래, 나 기억력은 좋아. 그래서 잘하는 게 없던 그때가 너무 잘 기억이 나. 암튼 난 그 시절 막내아들로 혜택은 다 누리면서도 괜한 열등감 같은 게 있었어. '나만 이 집에서 머저리인가?' 뭐 그런 확신에 가까운 의심을 내내 했던 것 같아. 아무튼 그날은 엄마랑 나랑 둘뿐이었단 말야. 대단한 얘기도 아닌데 서두를 무진장 길게 뽑지? 그냥, 그날 엄마랑 둘이라서 좋았다고.

백화점 지하에서 돈가스를 먹었는데 엄마가 휴지에 묶여 있던 나이프로 무심하게 돈가스를 썰어주던 거랑 엄마 입에 들어간 사과가 아삭아삭 부서지던 소리가 기억나. 보통 돈가스 옆에 마요네즈로 버무려져 나오는 채소를 사라다라고 하잖아. 난 그때 엄마가 사과 썹는 걸 보면서 아, 사라다의 '사'는 사과의 '사'인가 보다 했어. 일본 사람들이 샐러드를 그렇게 발음한다는 건 중학교 갔을 때쯤에야 알았고. 웃기지? 별론가.

이게 다
외로워서 그래

그러고는 내 생일이라고 동네 하이마트의 게임 CD 코너에 갔어. 이제야 하는 말인데, 사실 거기 친구들이 다들 하는 그런 게임은 없었다? 다 들어본 적도 없고 인기도 없는 게임이었어. 근데 그냥 거기서 그나마 재밌어 보이고 오래된 우리 집 컴퓨터에서 돌아갈 법한 CD를 골라 들고 막 신나는 척을 했지. 이거 진짜 갖고 싶었다고. 근데 신나는 척을 하다 보니까 진짜로 신이 좀 나더라고. 그래서 마음이라는 건 참 이상한 거구나, 생각했어. 돌아보면 그건 좀 기특하기도 해. 그 자식 그래도 아주 엉망은 아니었구나 싶고. 그날 학교 친구들은 아무도 안 하는 그 게임 CD랑 엄마 손을 양손에 붙들고 백화점 앞에 서서 210번 버스를 기다리던 게 기억이 나. 달리는 차들이 비추는 불빛에 대고 엄마랑 같이 입김 불면서 장난치던 것도.

기억 안 나지? 엄마, 우리 그런 날이 있었어. 엄마는 평생 앞만 보고 달렸으니 기억 못 할 것 같더라. 쉬는 날에도 온 집을 뒤집으면서 할 일만 찾는 아줌마가 그런 걸 기억할라고. 그냥, 난 그날 참 좋았다고. 생각나서 얘기해 봤어.

반찬 또 싸지 마. 나 담아 갈 가방 없어. 집에 김치 있어. 응. 아직 다 못 먹었지. 기차? 내일 9시 반. 아, 그러니까 됐다니까 좀. 이제 자자. 나 씻는다?

퇴근길 지하철에 수많은 사람들과 꾹꾹 눌러 담겨서는 비밀스럽게 훈훈함에 젖는다. '다들 오늘도 고생하셨습니다. 이제 각자의 자리로 돌아가십시다.' 사람들은 각자의 사랑들을 찾아, 각자의 사람들을 찾아 돌아간다.

좀

이상한 이별

개와 사람이 이별하는 방식을 세 가지로 나누고 싶다. 사람이 개를 내다 버리는 일은 포함하지 않을 것이다. 없어야 하는 일인데도 불구하고 일어나 버린 일에 대해선 이별처럼 향기로운 말을 붙이기 싫다. 그러니 개와 사람이 이별하는 방식에는 세 가지가 있다. 개가 집을 나가거나, 무지개다리를 건너거나, 아니면 개를 키우던 사람과 개를 키우지 않던 한 사람이 이별하거나.

앞선 두 가지는 글로든 말로든 이야기되는 슬픔이다. 동네마다 전신주 허리에 붙어 있는 '개를 찾습니다' 전단지나 영영 떠난 친구들을 위해 마련되는 슬프도록 작은 관처럼 만질 수 있는 것들로 애도하는 시간을 갖는다. 위로하고, 추모하고, 그리워한다.

개를 키우는 사람과 키우지 않는 사람의 이별에서 비롯되는 세 번째 방식의 이별은 시간 순서상 필연적으로 개가 집을 나가거나 멍멍이별로 떠나는 여행 전에 발생하는데, 왜인지 이해받기는 쉽지 않다. 누구든 살면서 많은 상실을 경험하지만 이 세 번째 이별은 직접 겪지 않는 이상 이해하기 어렵고, 포개볼 만한 비슷한 경험도 없어서라고 나는 생각했다.

그 좀 이상한 이별은 다른 도시로 전학 가는 친구의 변신 필통을 떠나보내는 일과, 이혼 과정에서 양육권을 점하지 못한 한쪽이 자녀를 떠나보내는 일의 중간쯤에 있다. 이러나저러나 남의 집 개일 뿐이라고 말하면 한때 사랑했던 개는 납작하게 몸이 눌리며 변신 필통이 된다. 명백히 저쪽 소유인 것을, 나 혼자 다양한 기능과 근사한 디자인에 마음이 홀려 남의 책상 가장자리에 놓여 있던 걸 지우개를 빌린다는 핑계로 몇 번 만져보고 설렜을 뿐이다. 그걸 그립다고 하면 주제넘는 일이지.

근데, 솔직히 개가 필통은 아니잖아? 우리 둘이서 나눈 마음이 있다고 치자면 개는 납작해졌던 몸을 일으켜 눈동자 새카만 아이가 된다. 이쪽이면 맘껏 그리워해도 되는 건가. 손목의 박동처럼 작게 뛰던 심장과 따끈한 아랫배의 감촉에 내 몫이라고는 없다. 난 사실 그 아이에게 아무것도 아니라서, 양육권은 고사하고 주 1회 면접교섭권 비슷한 것도 주장할 수 없어서, 도무지 물건일 수가 없는 어떤 것을 물건처럼 떠나보내야 하는 과정 속에서 무력감에 젖는다.

그 개를 떠올린다. 눈을 기준으로 얼굴 반을 나눴을 때 눈 위는 베이지색이고 눈 아래는 흰색인, 잘 땐 찜질방 아저씨처럼 코를 골고 밥 먹을 땐 유독 예민한, 내가 사랑했고 지금도 그리워하고 있는 그 친구를. 일주일에 한두 번이었지만 그 친구와 1년 가까이 삶을 나눴다. 몇 가지 섭섭한 수사를 앞세워 그 아이와 나 사이에 선을 그어야 하긴 해도 내 인생의 첫 개였다고 말할 수 있다.

개의 보호자는 선하고 섬세한 사람이었다. 언젠가 우리가 헤어지게 되더라도 좋은 친구로 남자고, 개를 내게 며칠 맡길 수도 있을 거라고(실제로 그러지는 못했지만) 말했기 때문만은 아니고 여러 면에서. 연애에는 선함과 섬세함만으로는 극복할 수 없는 문제들이 있고 우리는 헤어졌다. 몇 개월 뒤에 가볍게 안부를 묻는 연락이 왔는데 서로를 그리 나쁘지 않게 추억하고 있다는 느낌을 나누는 것으로 그쳤다. 개 이야기는 나오지 않았다. 그 사람이 내가 개를 그리워할 걸 모를 리 없고, 내가 물으면 답해주지 않을 것도 아니었지만 개 이야기는 꺼내지 않았다. 묻지 않은 것은 그게 좀, 웃겨서였다. 진중하게 단어를 골라 서로 딴맘이 없음을 분명히 하면서도 걱정과 응원을 전하는 중에 갑자기, "근데 혹시 집에 내가 양말 두고 온 건 어떻게 됐어?"라고 질문하는 것 같아서. 사실 나는 하나도 안 웃겼는데 왜 그게 웃긴 질문이라고 우기며 삼켜버렸는지 생각해 보면,

긴 시간 그 양말을 잊지 못했다. 양말이 나오는 꿈도 몇 차례 꿨다. 술을 잔뜩 마신 어느 밤에는 그리움을 못 이겨 그 사람의 SNS에 들어가서 양말 사진이 올라왔는지 확인하기도 했다. 어디다가 시원하게 털어놓고 찌질하다고 질타받으면서 후련해질 수도 없었다. 내 그리움은 우리가 흔히 말하는 지난 연인에 대한 미련 같은 것이 아니니까.

확실한 이별의 옆구리에 딸려가 버린 것들에 대해 생각한다. 버스에 두고 내린 우산과, 친구 주머니로 넘어간 라이터와,

이게 다
외로워서 그래

수천 년 전 어느 더운 장례식 날 파라오의 무덤에 산 채로 묻힌 왕실 요리사를. 뭔가를 떠나보내며 덩달아 잃게 되는 것들. '덩달아'처럼 헐렁한 말론 다 설명될 수 없는데도 보통은 그렇게 헐렁하게 떠나보내게 된다는 사실을 생각한다.

"연인과 이별했는데 그 사람이 키우던 개가 중요해?" 세상의 관념으로 무장한 그때의 내가 물었고, "그리 중요하지 않아 보이는 게 내겐 중요할 수도 있고, 그게 중요하다고 해서 다른 것이 안 중요해지는 건 아니잖아"라고, 나는 1년 가까이 앓고 나서야 답할 수 있게 되었다.

그러고 보니 아까 한 말은 틀렸지 싶다. 포개보자면 왜 포개볼 만한 경험이 없을까. 내가 연인과는 별개로 연인의 개와 슬프게 이별한 것처럼, 당신의 삶에도 그런 이별이, 대놓고 슬퍼하자니 사소하게 여겨야 할 것 같아 외면했고, 외면하다 보니 이젠 정말 사소해져 버린 어떤 이별이 있을 것이다. 나는, 우리는 왜 상실에도 순위를 매기게 되었나.

만약 읽고 있는 당신에게도 쉬이 내놓고 공감받지 못하는 이별이 있었다면, 그 마음 모르지 않는다고 말해주고 싶다. 어떤 이별로 힘들어하든 별꼴도 주책도 아니라고. 관계나 상황이 만드는 이상하고 미묘한 얽힘 속에서, 중요하지 못한 것으로

얼렁뚱땅 정리된 어떤 이별도 충분히 공들여 슬퍼할 만한 것이
라고.

니가 싫으면

나도 싫어

니가 싫으면 나도 싫어. 그는 그녀가 싫어한다는 사람들을 싫어하는 척하다가 언젠가부터 진짜로 싫어하는 지경에 이르렀다. 얼굴 한 번 본 적 없지만 그녀의 상사가 인격적으로 매우하자가 있다는 확신을 갖게 되었다. 가끔 이름이 헷갈리지만 아무튼 그 동창은 평생 배려 같은 건 단 한 번도 해본 적 없을 거라고 믿게 되었다. 사람은 입체적이지, 관계는 상대적이고. 친구들 앞에선 제법 현자 같은 얼굴로 그런 말도 했지만 그녀와 대화할 때면 자꾸 논리의 두꺼비집이 내려가는 것이다. 몰라, 난 그냥 그 인간들 맘에 안 들어.

결국 두꺼비집을 내려둔 채 양초를 켠다. 모르겠고, 계속 모르련다. 내 유치한 편 가르기가 너의 미간을 펼 수 있다면, 섣부른 일반화가 널 웃게 할 수 있다면 기꺼이 졸렬한 인간이 되리. 비워지는 술잔에 치사한 막말과 납작한 편견을 가득 채운다. 논리가 꺼진 어둠 속에서 촛불은 빛나고 둘은 마주 앉는다. 우리 계속 비열한 맞장구를 쳐요. 밤새 사랑의 뒷땅을 까요.

이게 다
외로워서 그래

깊은 밤의

연락

뻔히 연인이 있는데도 깊은 밤 내게 연락 오는 네가 싫은 이유
는, 우리가 사귀었던 옛날에 내가 몰랐던 사실을 굳이 네가 지
금 알게 하기 때문이다. 나와 만날 때는 나보다 앞서 만난 사람
들에게 이렇게 연락했겠지. 자신이 원래 이런 사람은 아니라고
고, 이렇게까지 생각나는 건 내가 처음이라고 너는 말하지만
그럴 리가. 처음이라고 말하며 흘리는 너의 자조적인 웃음까지
습관적인 것으로 느껴지니, 나는 속고 싶어도 속을 방법이 없

다. 너의 외로움은 도무지 한 사람이 다 감당할 수 없는 것이어서, 나는 그걸 홀로 안고자 했음에도 모르는 새 다른 이들의 도움을 받았을 것이다. 기사 한 명에게 배정되기에는 너무 많은 물량의 택배랄까. 아무리 쑤셔 담아도 도무지 한 차에는 다 실리지 않아 남은 상자를 네 과거의 연인들이 나 대신 처리했겠지. 이제 나도 네 연인을 돕는 입장이 되고 나니, 문득 본 적도 없는 그들에게 이상한 전우애를 느낀다. 그들과 함께 모여 한잔한다면 얼마나 많은 이야기를 나눌 수 있을까. 아, 웃겨라. 그 마음 다 안다며 서로 등을 토닥여 줄 수도 있을 것이다.

이게 다
외로워서 그래

"전 일단 한번 사귀면

오래 만나요"

"전 일단 한번 사귀면 오래 만나는 편이에요." 그는 그렇게 말하며 작게 고개를 두 번 끄덕였다. 그런 방식을 지켜온 자신의 진중함이 흡족한 듯이, 혹은 '내가 정말 그랬나?'라는 의문에 '그럼, 그랬고말고'라고 답하듯이.

왜 내가 만나는 사람들은 다 그렇게 말할까. "저는 주로 짧게 짧게 만나요"라고 말하는 사람도 있었나? 없었다. 그럼 우리가 여태 겪고 들은 그 짧은 인연들은 다 어디로 사라졌을까.

이게 다
외로워서 그래

시작하는 인연들의 테이블 위로 듣기 좋은 거짓말이 쏟아진다. 제법 진지한 얼굴을 하고서 앉아 서로 알아가 보겠다고, 맞춰가겠다고 말하지만 둘 다 테이블 아래 있는 진짜 이야기는 꺼내지 않는다. 웃기기도 하고 슬프기도 하지만 그런 기만이 연애를 점화하고 지속시킨다. 실은 처음부터 있지도 않았던 다정함을 찾으며 그건 대체 어디 갔느냐 추궁하고, 자긴 한번 사귀면 오래간다고 말했던 사람이 습관처럼 던지는 헤어지자는 말을 견디며. 꽤 많은 연애가 그런 식으로 굴러간다. 오해로 시작해 기대에 속아도 미련으로 버티며.

그리고 끝에 가서야 비로소 진실된 사람이 된다. 더는 감추기 힘들 때, 이제 감추지 않는 게 좋겠다 싶을 때, 그제야 둘은 거짓을 다 털고 진심이 된다. 수많은 오해 끝에 이것만큼은 진실이라 확신하며 말하게 된다. 더는 널 사랑하지 않는다고.

굿바이

마이 홍대

'홍대'라는 말만 들어도 가슴이 뛰던 때가 있었다. 홍대, 라고 발음하기만 해도 스스로가 멋을 아는 사람 같던 때가. 타투를 드러낸 청춘들, 스프레이로 벽에 그려진 낙서, 기타 케이스, 클럽 앞의 소란한 분위기. 어른들이 혀를 찰 것들로만 가득한 그 풍경을 동경했다. 엄마가 대형마트에서 사 온 티셔츠를 입던 부산 촌뜨기는 그 거리를 걷기만 해도 우쭐해지곤 했다.

2011년 겨울을 기억한다. 홍대 중심가에 있던 독특한 분위기의 레스토랑에서 나는 차려입은 손님에게 뜻도 모를 이름의 메뉴를 나르며 즐거워했다. 그들에게 홍대를 선사하는 느낌. 주문하신 홍대 나왔습니다. 나도 이 근사한 홍대의 부속이 되었다는 느낌이었다.

얼마 전 친구와 약속 장소를 정하다 "아, 홍대는 좀⋯⋯" 이라고 말하고선 새삼 생각했다. 마음이 많이도 닳았구나. 이제 그곳이 사람 많고, 시끄럽고, 길거리 공연은 난잡한 곳으로 느껴진다. '나 때가 좋았지' 같은 소리를 하려는 건 아니다. 내가 동경했던 2011년의 홍대도 누군가에게는 변할 대로 변한, 원래의 빛을 잃고 한물간 홍대였음을 안다.

그럼에도 불구하고 예전이나 지금이나 홍대는 누구에게든 인생에서 한번쯤 설렘을 줄 수 있는 곳이지 않을까. 아닐 수도 있지만, 그냥 그랬으면 한다. 그게 꼭 마포구 서교동의 그 홍대는 아닐 수도 있지만, 저마다 기억 속에 그런 곳이 있지 않을까.

오늘도 SNS에 올라오는 오홍누°를 본다. 나 아니어도 홍대를 사랑할 사람은 많다. 변했니 어쨌니 해도 여전히 불야성

인 그곳. 난데없이 옛날이 떠올라 추억해 본다. 오 마이 홍대,
굿바이 마이 홍대.

○ 오늘 홍대 누구? 의 줄임말. 자신이 지금 홍대에 있거나 나갈 예정인데 혹시
   만날 사람 있냐는 의미다. 그런 방식으로 만남이 성사된다는 것이 좀 신기하
   다. 홍대에 나가는 이유가 너는 아니지만 잠깐 뜨는 시간이 무료하니까 와서
   채워달라는 뜻 아닌가? 둘 다 그렇다면 상관없겠지만 서로의 상황과 마음이
   똑같을 리가.

이게 다
외로워서 그래

생활체육의

모순

사람들은 뭔가 힘든 일을 시키면서 흔히들 죽었다 생각하고 하라고 말하는데, 아직 안 죽어보긴 했지만 아무리 생각해도 죽으면 뭐가 그렇게 힘들까 싶다. 그냥 가만히 누워 있는 거잖아. 죽어 있기 위해 막 아랫입술을 깨물고 그래야 할 것 같진 않다.

땀은 배신하지 않는다고들 하는데 나는 보통 땀을 흘릴 때 배신감을 느낀다. 요즘 같은 날씨엔 길만 걸어도 그렇다.

더구나 웨이트 트레이닝에 관해서라면 이렇게 말할 수 있다. 여태 살면서 무거운 걸 들 때면 항상 돈을 받았다. 근데 무거운 걸 드는데 나더러 돈을 내라니. 세계관이 통째로 부정당하는 기분이 드는 것이다.

이게 다
외로워서 그래

연인들의

격전지

길을 걷는다. 한 쌍의 커플이 눈에 들어온다. 두 사람의 이름도
나이도 모르지만 한 가지만은 확신할 수 있다. 싸우고 있구나.
최대한 그들을 의식하지 않으려는 나 자신을 무진장 의식하며
그들 곁을 지나친다. 신경 쓰지 않을게요. 하던 거 계속하세요.

그들의 위치가 좌우로 행인들이 스쳐가는 보도 한가운데
라면 사안이 아주 심각하구나 생각한다. 지하철역 출구 옆에만
비켜 서 있어도 나름대로 이성이 남아 있는 상태일 테다. 자기

야, 사람들 지나가니까 이쪽으로 서. 대로 옆구리로 빠진 골목 안쪽이라면 상황은 더 괜찮아 보인다. 사람들의 시선을 고려할 정도로는 여유가 있었겠구나. 물론 시작할 때 그랬다는 것이고 대화가 진행되면 어디까지 심각해질지는 두고 볼 일이겠지만.

팔짱을 낀 채 온기 없는 눈으로 남자를 올려다보는 여자, 가끔 이마를 짚거나 마른세수를 하는 남자. 보통 그런 모습이다. 오늘 무슨 일이 있으셨나요. 어떤 문제가 이 좋은 날씨에 멋지게 꾸미고 나온 두 분의 데이트를 엉망으로 만들었나요. 그게 실은,

별 이유 같지도 않은 이유 때문이라는 걸 안다. 하지만 그건 시간이 지나고 돌아봤을 때의 생각이지, 몇 달 뒤면 기억도 나지 않을 어떤 이유가 그날 그 자리에서만은 세상 가장 심각한 문제가 되어 둘을 괴롭힌다.

문득 이 번화가 곳곳이 과거 수많은 연인들의 격전지였음을 생각한다. 거기에는 내 기억들도 포개져 있다. 정말 끝이라고, 한마디만 더 하면 집에 가겠다는 말을 들었던 게 저 PC방 옆이었던가. 그런 말을 들을 만한 상황이라면 모르긴 몰라도 엄청난 사건이었을 텐데 싸운 이유는 도무지 기억이 안 난다. 그저 싸울 때 나를 둘러싸고 있던 공기의 감각만 남아 있다.

이게 다
외로워서 그래

물기가 그렁그렁한 눈동자, 잦은 한숨. 같은 이야기의 반복. 30분 전까지 깔깔대던 우리에게 무슨 일이 일어난 건가. 주변 공기가 얼어붙는 것을 느낀다. 관계자가 둘뿐이니 일련의 사건 전부는 아니더라도 50퍼센트 정도는 이해할 수 있어야 할 텐데, 왜 이렇게 되었는지 당최 1도 알 수 없다. 그저 정신을 차려보면 그러고 있다.

우리는 언제부터 그래왔을까. 연인은 보통 싸운다. 이 사람과 친구였다면, 그러니까 그때 내가 고백을 하지 않아서 손을 잡고 입을 맞추는 사이까지 오지 않았더라면, 그랬더라도 싸웠을까. 아무리 생각해 봐도 그럴 리 없으니 우린 연인이어서 싸우는 것이겠다. 내 인생 백 번의 싸움 중 아흔다섯 번은 연인과의 싸움이었다. 사랑해서 만나고 사랑해서 싸운다. 별안간 그 사실이 안쓰럽게 다가왔다. 그때의 나도, 너도. 저쪽 구석 테이블에 심각하게 앉아 삼겹살과 속을 동시에 태우고 있는 두 사람도.

오늘도 최대한 의식하지 않으려고 애쓰며 그들 옆을 지나치지만, 너무 남 일 같지 않아서 마음이 쓰인다. 부디 오늘의 다툼이 두 사람을 더 나은 곳으로 데려다줄 수 있기를.

이게 다
외로워서 그래

dPsk

wlrmadlsk °

싸이월드 미니홈피 다이어리를 영어 타자로 쓰거나 마지막 한
줄을 투명 글씨로 써서 드래그해야 읽을 수 있도록 해놓던 소
녀는 인스타 스토리에다 글을 깨알같이 작게 쓰거나 카톡 프로

° 키보드를 한글 입력 상태로 누르면 '예나 지금이나'가 된다. 세상엔 수많은 암
호와 그걸 해독하는 방식이 있겠지만 난 아직 이처럼 쉬운 원리를 가지고 있
으되 푸는 사람을 힘들게 만드는 암호를 본 적이 없다. 해본 사람은 안다. 그
과정이 얼마나 TmfTmf하고 tmfvms 것인지를.

필 상태메시지를 초성으로 적어두는 여자가 됐지. 나는 예나 지금이나 수수께끼를 푸는 역할이야. 예전엔 글을 마우스로 맨 아래까지 긁어보거나 밤새 외계어 같은 영어를 한글로 하나하 나 바꿔 적었지. 지금은 스토리를 캡처해 있는 대로 확대해 보 거나 말이 될 때까지 초성 퀴즈를 푸는 거야. 그럴 때 어떤 초 라함이 있어. 네 짓이 같잖다고 생각은 하면서도 거기서 너에 관한 뭐라도 건져보려는 나의 짓은 얼마나 더 같잖은가. 네가 흩뿌려 놓은 단서들을 주워보겠다고 납작해져서는 바닥을 헤 집는 밤들이 있어.

그러다가는 한번씩 생각해 봐. 내 그런 밤을 네가 아는 것 과 모르는 것 중 어느 쪽이 더 비참한 일인지를.

가난할 수
없었던 날들

고깃집 앞에서 친구에게 담배를 빌려 물고 앉아서 난데없이 네 생각을 한다. 옆에서 낄낄대는 웃음소리가 연기처럼 희미해진다. 시선은 멍하니 허공을 더듬는다. 더듬다 어느 다른 날의 밤하늘, 그 아래 어느 다른 고깃집 앞에 멈춘다.

그 가게 안을 분주히 돌아다니던 너를 생각한다. 학교 체육복 위에 소주 이름이 적힌 앞치마를 입고 테이블을 치우던 너를 생각한다. 너의 시급은 3200원, 우리는 열여덟이었다. 들어와서 기다리라는 식당 이모의 말에도 쑥스러워 문 앞만 서성이던 그때의 어수룩한 나를 생각한다. 지금까지도 종종 그때가 떠오르는 것은 왜일까. 그땐 엄두도 못 냈던 입금과 출금이 무심히 반복되는 어른의 삶이 그때보다 뭐가 어떻게 더 풍족해졌는지 알 수 없을 때가 많아서일지 모른다. 그때 우리가 아쉬웠던 건 겨우 몇 백 원 더 올려주지 않는 시급이었는데 지금은 밥 한 끼에 몇 만 원을 써도 기분이 허할 때가 많다. 왜 자꾸 왼쪽 가슴의 문제를 오른쪽 바지 주머니에 물어보게 될까. 이유를 모르니 갈급은 해결이 안 된다.

담뱃재를 턴다. 다시 비좁은 자리에 돌아와 앉는다. 또 한 잔을 받아 든다. 술기운이 오른다. 잔에 적힌 소주의 이름이 눈에 들어온다. 네 앞치마에 적혀 있던 지역 소주의 이름. 너도 가끔 그때를 생각할까. 퇴근한 너를 데려다주던, 손을 잡고 걷기만 해도 가난할 수 없었던 그 오래전의 밤들을.

2050년의

고전 영화

준영의 취미는 고전영화 감상이다. 특히 21세기 초반의 로맨스 영화를 좋아한다. 2050년인 지금과 꽤 닮아 있으면서도 또 다른 그 시절만의 독특한 분위기가 있기 때문이다. 언제나 그렇듯 로맨스 영화에는 키스신이 나온다. 준영은 거실 가운데 띄워놓은 디스플레이를 응시하며 상상하곤 한다. 건물 밖에서 키스한다는 건 어떤 느낌일까? 2020년대에는 별일 아니었다는 걸 알고 있지만 여전히 그것은 위험해 보인다. 그래서 그 시절 영화들은 특별하다. 바람 부는 언덕 위에서, 폭우가 쏟아지는 거리에서, 산소 호흡기 없이 서로 숨결과 체온을 나누는 일. 그 키스는 죽음을 초월하는 사랑이고, 어떤 특수효과보다 환상적이다.

이게 다
외로워서 그래

어떤

시한부

그의 시한부 판정은 모든 것을 바꿔놓았다. 그녀의 삶은 단지 그를 돌보고 달래고 살피는 일에만 쓰였다. 그는 점점 말이 곱게 나가지 않았고 허벅지는 가늘어졌으며 종종 먹던 음식을 집어던졌다. 돌아누운 그의 등 너머에서 들리는 그녀의 음성에는 바닥의 음식을 치우는 중에도 다정함이 묻어났다. 그는 약해지는 딱 그만큼 약해지는 자신을 증오하며 차라리 모든 게 빨리 끝나기를 기도했다.

기도는 하늘에 닿았다. 조금 다른 방향이지만. 희박한 확률을 뚫고 남자의 병은 호전되었다. 1년하고도 몇 개월의 투병 생활, 마침내 그는 완치 판정을 받았다. 그러고는 다시 혼자 힘으로 일어서서 같은 눈높이에서 그녀를 마주했다. 누운 채 올려다보던 그녀의 얼굴에 익숙해졌던 걸까. 그녀의 낯빛은 이전과 달라져 있었다.

서로 갈 길 가는 거야. 그녀의 이별 선언은 그를 여러 방향으로 고통스럽게 했다. 이제껏 받은 사랑을 돌려줘야 하는데, 미뤘던 결혼식도 해야 하는데, 난 이제 정말 영원한 사랑을 믿게 되었는데. 도대체 여기까지 와서 왜? 하지만 그녀에겐 지속 가능한 사랑이, 마음을 안배하는 사치가 허락되지 않았었다. 그저 하루하루 모든 마음을 휘발시켜 그의 숨을 붙여놓았다. 그게 그녀가 실천할 수 있는 사랑이었다. 행인지 불행인지 그는 살아났고 볕 좋은 나날을 살지 못한 그녀의 사랑은 죽게 되었다.

그의 결혼 소식이 들려오고 나서 그녀는 생각했다. 처음 그가 입원하던 날의 밤을. 간이침대에 누워 천장을 올려다보며 흘렸던 눈물을. 그녀는 그때도 어렴풋이 알고 있었다. 그의 생명만이 시한부는 아니었음을. 그가 죽든 살든 그녀의 사랑은

이게 다
외로워서 그래

그 병실에서 온전히 살아서 나갈 수 없을 것임을. 치열하게 마음을 다 쏟았으니 그것으로 되었다고, 몇 년이 지난 어느 일요일 그녀는 희미하게 웃는다. 어떤 사랑은 완성되지 못함으로써 완성되기도 한다.

오늘도 적지 않게 말한 것 같은데, 그중에 진짜 내가 하고 싶은 말은 몇 마디나 될까. 밤이 깊어지면 진짜 이야기가 간절해진다. 입에선 단내가 나는데, 기분은 하루 종일 한마디도 안 한 것도 같다. 그러니까 한 잔만, 딱 한 잔만.

심야식당의

손님들

일본 드라마 「심야식당」의 내용은 이러하다. 주인공은 자정에
문을 열어 아침 7시에 닫는 '심야식당'을 운영한다. 메뉴는 돼
지고기 된장 정식뿐 다른 것이 없는데, 뭐든 손님이 먹고 싶은
메뉴를 말하면 가능한 한 만들어준다. 매 회 다른 손님이 이 심
야식당을 찾고 그들이 요청한 음식에는 저마다의 사연이 담겨
있다. 덧붙여 각 에피소드의 중심인물을 제외한 나머지 손님들
은 모두 그 식당의 단골이다. 늘 심야식당을 제집처럼 찾아오

고 서로 알고 지낸다. 그들에게 심야식당은 사랑방 같은 공간이다.

「심야식당」은 동명의 만화가 원작이며 드라마가 여러 시즌으로 제작되었고 영화로도 만들어졌다. 우리나라의 심야식당들은 어떠한가. 조리 공간을 중심으로 일자 혹은 니은 자, 디귿 자로 바가 둘러 쳐진 가게들이 골목골목 생겨났다. 꽤 많은 업장들이 오후에 문을 열어도 '심야 땡땡땡'이거나, 식사 없이 술과 안주만 팔아도 '땡땡땡 식당'인 걸 보면 아마 드라마 속 그 심야식당을 벤치마킹했을 것이다. 원하는 음식은 뭐든 만들어주는 방식이야 판타지라 실행이 불가능하겠지만, 단골들이 위안을 얻을 수 있는 따뜻한 사랑방 같은 분위기는 구현해 보자고 마음먹지 않았을까. 만약 그 식당의 주인들이 가게를 열며 그런 낭만적인 생각을 품었다면 그 환상은 얼마 만에 깨어졌을까. 어쩌면 먹고 싶은 건 무엇이든 만들어주는 일보다 모두에게 고루 위안이 되는 사랑방 같은 분위기가 더 판타지일 수도 있다는 걸 언제 처음 느끼게 되었을까.

내 기억으론 이 '심야식당'이라는 용어는 2010년 즈음부터 한국에도 널리 알려졌다. 만화든 드라마든 작품을 본 사람은 많지 않았을 텐데, 심야식당이라는 단어가 주는 어감과 스

180

쳐가듯 들은 설명이 버무려져 대충 '그런 영업 시간'에 '그런 구조'와 '그런 분위기'의 가게를 지칭하는 것으로 합의가 되었던 것 같다.

심야식당의 핵심은 영업 시간이나 가게의 구조 같은 게 아니다. 심야식당의 그런 면면에 의해 도시에서 가장 외로운 영혼들이 그리로 흘러든다는 것이지. 겪어본바 나는 심야식당이 각 동네를 위해 마련된 고독의 하수처리장 같다는 생각을 한다.

심야식당은 늦은 시간대라도 부담 없이 한잔 기울일 수 있다. 테이블 너머의 셰프가 말벗도 되어준다. 일반적인 술집은 혼자 가기가 어렵다. 왁자지껄 웃고 떠드는 테이블 가운데 홀로 앉아 있자면 처량하다. 그렇다고 모던 바를 찾는 건 노골적이다. 대놓고 고객 응대를 중점에 두는 곳에 가자니 내가 쓸쓸한 사람이라는 게 투명하게 드러나 버린다. 변변찮은 먹거리 없이 술값만 비싼 것은 덤이다. 물리적 허기와 심리적 허기 둘 다를 창피하지 않게 효과적으로 채울 수 있다는 점에서, 주점과 모던 바 사이 심야식당이 탁월한 대피소가 되어주는 것이다. 심야식당의 셰프들은 그런 사람들의 속내를 모른 척해 주거나 알아봐 주는 수고로 밤을 보낸다. 건너들은 한 심야식당

셰프의 말에 따르면 사실 요리를 내놓는 것보다 그것이 더 큰 노동이며 수익의 원천이다.

그러면 누가 심야식당을 찾을까. 모든 손님을 말끔히 분류할 수 있을 리는 없다. 다만 가장 '심야식당 손님다운' 면모를 갖춘 이들은 있다. 여기 그 대표적인 캐릭터들을 소개한다.

고독티스트.

주로 방금 퇴근한 듯한 복장으로 가게를 찾는다. 바 한쪽에 홀로 앉아선 단출한 안주에 술을 홀짝홀짝 마신다. 한 시간 내외로 빠르게 마시고 귀가하는 것이 일반적이다. 표면적으로는 별 특징 없는 혼술러라고 해도 그다지 틀린 말은 아니다. 하지만 정말 혼술이 좋다면 집에서 빤스 바람으로 편하게 즐기지 않고 왜 굳이 심야식당에 찾아올까. 딱히 말벗을 찾는 것 같지도 않다. 셰프가 가볍게 응대 멘트를 던졌을 때 기다렸다는 듯 주절주절 이야기를 늘어놓는다면 고독티스트가 아니다. 고독티스트라면 몇 마디 대답은 하지만 본격적인 대화로 넘어가지는 않는다. 반응이 그러하니 셰프도 곧 그를 내버려두고, 그는 다시 혼자만의 침묵으로 돌아간다. 그러니까 그는 거기 앉아 양껏 먹지도, 마시지도, 담소를 나누지도 않으며 자신만의 오락을 즐긴다. 그 오락이 뭘까 늘 생각했는데 적확한 표현을 찾지 못하다 타블로의 「에어백 Airbag」 가사에서 찾을 수 있었다. '혼자 있기 싫은 걸까, 아니면 눈에 띄게 혼자이고 싶은 걸까.' 집에서 완전하게 혼자인 것과, 사람들 틈에서 혼자인 것은 분명 다른 기분이다. 혼자이고는 싶지만 또 철저히 혼자이기는 싫은 그는 사람들의 말소리와 음악 소리에 파묻혀, 자신이 복닥대는 세상의 일부라는 감각을 유지한 채 혼자 있는 것을 즐기는 듯하다. 홀로와 함께, 그 경계에 닿을 듯 말 듯 구부정하게 앉은 채로.

쓸쓸한 수다쟁이.

그는 혼자일 때도 있고 일행과 함께일 때도 있지만 결과적으로는 이러나저러나 별 차이가 없다. 어차피 그의 일행만으로는 그의 수다를 감당할 수 없기 때문이다. 그는 식당에 들어오는 순간부터 이미 떠들고 있다. 사람이 아니라 글자들이 담긴 자루가 아닐까 싶을 정도로 쉬지 않고 말을 쏟아낸다. 심야식당은 내부가 좁은 탓인지, 따지고 보면 모두가 한 테이블에 앉아 있는 탓인지 모르겠지만 방금 들린 저 말이 어디 앉은 누구에게 건네는 말인지 모호할 때가 많다. 모두가 따로 앉아 있지만 동시에 무리라고도 할 수 있는 와중에, 쓸쓸한 수다쟁이가 일행에게 말하면서 말 끄트머리를 미묘하게 올리고 시선으로 가게를 훑으면 대각선에 앉은 남자, 건너편에 앉은 여자, 재료를 손질하던 셰프에게 동시에 말을 건네는 셈이 된다. 반응하지 않아도 되지만 누구든 치고 들어가도 이상하지 않다. 누군가 경계를 허물고 그의 말을 덥석 물면 거기까지 수다의 영역이 확장된다. 그는 그런 식으로 가게 전체의 오디오를 잠식해 간다. 어쩌면 그에게 일행이란 큰 수다의 불을 피우기 위한 초반 땔감인가 싶기도 하다.

때때로 친구들이 그런 그에게 질린 건지 어떤 날은 홀로 찾아온다. 그럴 때 그는 혼자 앉아 있지만 고독티스트와는 모든 면에서 다르다. 조금도 혼자 있을 생각이 없어 보인다. 온몸의 촉각을 곤두세운 채 옆 손님의 대화에 끼어들 타이밍을 찾는다. 동시에 만약 셰프가 불시에 말을 걸어준다면 어떤 너스레로 받아쳐 대화의 불을 지피고 주변의 관심을 끌어올지도 궁리하고 있다. 그런 이유로 그는, 불편해 보인다. 술과 안주에 조금도 집중을 못 하는 듯하다. 너무나 의도가 다분한데 아무 의도가 없는 척하느라 어딘가 수상해 보이는 지경에 이른다. 그런 그를 만난다면, 선택은 당신의 몫이겠지만 안일하게 연민을

184

이게 다
외로워서 그래

발휘해 말을 거는 시도는 말리고 싶다. 5분 정도 이야기하다 혼자만의 시간 혹은 일행과의 대화로 돌아갈 수 있을 거라 생각하겠지만 쉽지 않을 것이다. 나는 죄 없는 손님이 그에게 걸려 전혀 관심 없을 주제의 대화에 두 시간 넘게 붙잡혀 있는 광경도 본 적이 있다.

가짜 사장님.

뭐라고 부를지 고민했는데 결국은 가짜 사장님이다. 그는 그 가게의 사장이 아니지만 사장처럼 행동한다. 혼자 왔건 일행과 함께 왔건 셰프를 붙잡고 끊임없이 말을 건다. 자신이 이 식당의 진정한 단골이라는 것을 드러내고 싶어 한다. 같은 이유로 그곳의 어떤 손님보다 셰프와 막역한 사이라는 것을 보여주고 싶어 한다. 셰프에게 존댓말에 은근히 반말을 섞거나, 확연히 나이가 많다면 손님들 앞에서 대놓고 동생, 동생하며 하대하기도 한다. 가게 매뉴얼을 벗어난 요구를 특권인 양 요청하며 자신의 위치를 과시한다. 모든 경우 말과 행동이 손님답지 않다. 매 순간 자신은 평범한 손님들과 다르다는 것을 드러내고 싶어 한다. 마치 매니저가 일하고 있는 가게에 친구들을 데려온 사장 같다. 실제로는 가게에 젓가락 하나도 보탠 적 없음에도 셰프의 윗사람처럼 굴고 가게를 자신과 지인의 아지트인 양 행동하니 거의 사장님인 셈이다.

여기까지 생각하면 그는 진상이고 빌런임이 틀림없으나 셰프의 입장에서는 마냥 미워할 수만은 없다. 비위를 맞춰주고 효과적으로 구슬리기만 하면 우쭐해져서 허세를 부리며 그날 매출의 핵심을 책임져 주기 때문이다. 자신이 그 가게의 VIP라는 걸 보여주기 위해 지인을 여럿 몰고 오기도 한다. 잘만 장단 맞춰주면 매출 효자가 따로 없다. 결국 셰프의 싸움은 이런 것이다. 가짜 사장님이 흥에 겨워 매출을 올려주는 상황은 유지하되, 그의 왕 놀이가 너무 심해져서 다른 손님들이 박탈감을 느끼며 떠나는 일은 없게 하는 것. 그 균형을 잘 맞추는 일이 요리 실력만큼 중요한 셰프의 자질이라 할 수 있다.

그리고 나.

고독의 하수처리장에 앉아 사람들을 관찰하는 내가 있다. 얼핏 보면 사람들을 지켜보는 관찰자의 위치를 유지하는 것처럼 보이지만 실은 이게 내가 고독을 해소하는 방식이다. 누구나 외롭다는 사실을 되새기면서 그런 그들을 애틋하게 바라보고 동질감을 느끼는 사람, 취재를 핑계 삼아 오늘 밤도 심야식

186

당을 찾는 사람. 나보다 심야식당 손님다운 사람은 아마 없지 않을까.

오늘도 심야식당은 불을 밝힌다. 한데 모여 앉아서는 저마다 외롭다.

우리 집 강아지

뽀삐

초등학교 1학년 때였다. 사실 국민학교였지만 굳이 나이 들어 보이긴 싫으니 요즘 말로 하자. 그래도 졸업은 초등학교로 했으니까. 그걸 국초세대라고 하더라. 아무튼,

똥이 마려웠다. 1학기 극초반이었다. 아침에 분홍 소시지를 누나들 몫까지 싹쓸이한 탓이었을까. 후회와 죄책감이 부글대는 소리가 아랫배에서 커져 가며 점차 작아지는 선생님 목소리와 오버랩overlap되었다. 다가올 문제를 외면하고 싶어 교실

188

창밖을 봤다. 내가 달고 있던 병아리색 명찰마냥 노래지는 하늘이 보였다. 아직 애국가 가사를 외우지 못해 속으로 애국가를 부를 수도 없는 여덟 살의 시간은 더디게 흘렀다.

많은 생각을 했다. 손을 들고 일어나 화장실에 다녀오겠다고 할까. 반 전체의 주목을 받으며 "제가 지금부터 한번 싸러 가보겠습니다"라고 공표한다니. 수치스럽다. 하지만 더 큰 화를 면하려면 말해야 했다. 그다음 문제. 소변인 척 빠르게 해결하고 돌아올 수 있을까? 싼다는 사실이야 감출 수 없지만 가능하다면 내용은 축소하고 싶었다. '화장실'이라고만 말할 테니아주 거짓말은 아닌 것이다.

시뮬레이션. 복도를 최대한 빨리 통과한다. 창문으로 내모습이 보일 테니 교실을 지날 때까지는 태연한 척 느리게 걷다가 교실을 지나면 달릴 것. 일단 화장실에 도착하기만 하면아무도 없을 테니 사운드는 신경 쓰지 않는다. 단, 아직 미숙한마무리를 고려해서 본 게임은 짧게 가져가며 가능한 한 많은시간을 뒷정리에 안배할 것. 어지러워 개나리색이 된 하늘에그려본 스케치는 생각보다 나쁘지 않았다. 실행에 옮기기 위해시선을 정면으로 돌리기 전까지는.

칠판 오른쪽, 시간표 아래, 주전자 옆. 화장실에 있어야 할 우리 집 강아지 뽀삐°가 왜 저기 있나. 저학년 아이들이 비치해 둔 휴지로 하도 붕대 놀이니 리본 놀이니 장난을 치는 통에 거기 둔 것이다. 난 불러도 오지 않을 뽀삐를 바라보며 그저 버텨야 했다.

땡'똥'땡'똥' 땡'똥'땡'똥'. 어쩐지 그렇게 들리는 종소리가 수업의 끝을 알리자마자 난 천방지축으로 날뛰는 아이들 틈을 비집으며 뽀삐에게 다가갔다. 뽀삐를 한껏 풀어서는 있지도 않은 콧물을 일부러 흥흥 풀어 보이고는 주머니에 구겨 넣었다. 이젠 가야 했다.

화장실에 도착했을 땐 이미 이성이 다분히 내려놓아진 상태였다. 아이들이 많으냐 적으냐, 소리를 어찌할 것이냐 따위의 문제는 잊은 지 오래였다. 바지에 싸느냐, 변기에 싸느냐 정도의 선택지만 남아 있었고 난 후자를 택했다.

문을 닫고 들어가 좌변기에 앉았다. 밖에선 낌새를 챈 아이들이 소란이었다. 우와, 쟤 똥 싸나 봐! 어, 진짜? 야! 여기 누

° 1974년 유한킴벌리에서 출시한 두루마리 휴지. 저렴한 가격과 미친 중독성을 가진 CM송으로 오랫동안 국민적인 사랑을 받았다. 나비넥타이를 메고 눈이 똘망똘망한 강아지가 마스코트다. 왜 똥 닦는 휴지의 마스코트가 모르는 강아지도 아니고 우리 집 강아지인지는 여전히 모르겠다.

이게 다
외로워서 그래

구 똥 싼다! 그런 말들이 문 위로 넘어왔다. 칸막이 위로 올라오는 고사리 손들과 덜컹이며 돌아가는 문손잡이. 뭐, 음, 그래. 그랬다. 약간 좀비 영화 같기도 하고. 난 뽀삐를 움켜쥐고 눈을 질끈 감았다. 왜 먹은 건 꼭 먹은 만큼 나와야 하나. 왜 나에겐 항문이라는 기관이 있는 건가. 이후의 장면들까지 다 묘사하자니 과거의 나에게 너무 가혹한 것 같아 그만하기로 한다(화면을 서서히 검게 꺼뜨리며 볼륨을 줄여주시면 되겠다).

후련함과 동시에 체념이 밀려왔다. 짧게는 6년, 길게는 12년의 학창 시절이 이렇게 시작되는구나. 다 틀렸다. 먼 미래의 고3 졸업앨범에서도 똥쟁이라는 별명으로 적힐 게 분명했다. 살아가다 찾을 재능이나 개성으로 다른 캐릭터를 얻을 수도 있겠지. 그래도 별명은 결국 키 큰 똥쟁이, 발라드 잘 부르는 똥쟁이 정도일 터였다.

비약 같을지 모르겠지만 그 시절엔 정말 그랬다. 나의 여덟 살 적 학교생활에서 똥이란 이상하리만치 금지된 영역이었다. 뻔히 대변기가 있음에도 그것은 영영 쓰여서는 안 되는 것이었고. 너희는 똥 안 싸냐 같은 논리가 통하지 않는 세계. 도대체 왜 그랬을까. 서로를 감시하며 이상한 쪽으로 병들어 갔다. 검열이라는 단어보다 그 의미를 먼저 배우며, 생존에 필수적인 행위조차 남의 눈치를 봐야 하는 분위기는 왜 생겼을까.

남이 싸고 싶을 때 싼다는데 그걸로 딴죽 걸 수 있다면 타인의 행위에 하지 못할 참견이 대체 무엇이 있을까. 옷차림이 어쩌고 가치관이 저쩌고 하기 전에 우린 출발부터가 그랬다는 생각이 든다. 그때를 생각하니 또 속이 불편하다. 때때로 적절하지 않은 시점에 아파오는 배처럼, 삶에는 그런 불가항력적인 고통이 있다.

후기. 다행히 2학기에는 전학을 갔다. 과거를 세탁한 나는 매일 아침 배 속 소식이 있든 없든 변기와 시간을 보내는 아이가 되었고.

이게 다
외로워서 그래

당신의

OST

나에게는 김광석이 너에게는 다비치일 수 있겠지. 또 누군가에게는 알리샤 키스Alicia Keys이기도 하고. 아무튼 나는 그런 이야기 하기를 좋아해. 노란 조명 켜진 좁은 방에 모여 앉아 같이 그 사람에게 소중한 노래를 들으며 나누는 이야기. 왜 그 노래만 들으면 마음이 시큰한지, 왜 그때 그 노래를 하루에 백 번도 넘게 들었었는지, 뭐 그런 이야기들. 누구나 그런 노래 한 곡쯤은 있으니까. 그 시절, 그 순간의 냄새까지 만질 수 있게 해주는 노래 말이야. 노래 한 곡이 한 사람에게 마법이 된 사연을 듣는 것은 즐거워. 그다음부턴 그 노래를 들을 때 나도 그 사람의 이야기를 떠올리게 되거든. 그러면 그 노래가 내게도 인생의 OST가 되는 거야. 난 그걸 수집하는 게 좋아.

내가

멋진 사람이라더니

내가 멋진 사람이라며 나를 좋아하는 당신이 고맙고 동시에 무섭다. 곧 잔뜩 부풀린 오해를 꺼뜨리며 내게 실망했다고 말할지 모르니까. 그러면 나는 애초에 한 번도 반짝이는 사람이었던 적 없는데 마치 정말로 반짝였다가 그 빛을 잃은 것 같은 기분이 든다. 처음부터 때 묻고 문제 많은 못난이였는데 어쩌면 나도 반짝일 수 있었을지도 모른다는 좌절감이 든다. 가져본 적도 없는 것을 상실하는 기분은 비참하다. 마음대로 기대를 걸고 또 남김없이 가져가는 당신이 나는 무섭다.

당신들 중 한 명은 이렇게 말했다. 그럼 진즉에 그저 그런 너를 그대로 드러내면 편하잖아. 뭐가 편하다는 건가. 사진 찍을 때 일부러 잡티를 드러내라는 건가. 아니면 오늘 내가 한 생각 중 제일 끔찍한 걸 골라 인터넷에 전시라도 하라는 건가.

나도 괜찮은 사람이 되고 싶고 예쁨도 받고 싶다. 못난 나는 그러면 안 되는 건가. 애쓰는 와중에 가끔 괜찮은 모습이 있겠지. 그러면 '저 사람 지금은 부족하지만 노력하는 사람이구나' 하고 봐주면 되는 거 아닌가. 알아주길 바랐지만 그는 끝까지 마음대로 기대하고 마음대로 실망하는 자신의 태도를 탓하지 않으며 떠났다. 나는 다시 내 옷의 냄새를 맡아보다 주저앉아 무릎 사이로 얼굴을 묻는다.

찔러보기 금지

내가 상상했던

커피의 맛

우리문구사 앞에는 커피 자판기가 있었다. 가끔 150원짜리 우유를 뽑아 먹곤 했었는데, 뭘 넣은 건지 그 우유에서는 그냥 우유랑 달리 달큰한 맛이 났다. 달가닥, 지잉. 기다리는 동안은 달리 할 일이 없었다. 그래서 주로 자판기 속 사진을 올려다보곤 했다.

활짝 웃고 있는 서양인 커플. 여자가 남자에게 매달리듯 격하게 어깨동무를 한 채로 둘이서 어딘가로 달려가는 모습이

이게 다
외로워서 그래

었다. 청바지, 카디건, 백팩과 영어가 적힌 전공 서적. 영화배우처럼 심하게 멋진 외모였다. 아마 앳되고 파릇파릇한 캠퍼스 커플의 청춘 정도를 표현한 것이리라. 사진의 색이 원래 세피아 톤이었던 건지, 햇빛에 바래 컬러 사진이 그렇게 됐던 건지, 사실 그땐 내내 멀쩡한 컬러 사진이었는데 세월이 지나 내 기억 속에서만 세피아 톤이 된 건지 잘 모르겠다. 아무튼,

그 사진 속 청춘이 내가 상상했던 커피의 맛이었다. 연탄 구멍에 쫀듸기를 구워 먹고 문구점 앞에 앉아 삼국지 게임을 하는 나도 능숙하게 커피를 마실 때쯤이면 왠지 모르게 저런 어른이 되어 있을 것 같았다. 저런 게 뭐냐고 물으면 뭔지는 잘 모르겠지만 아무튼 근사하고 분위기 있는, 뭐 그런 모습으로 살아가고 있을 거라고 생각했다.

그땐 그랬다. 어른의 삶이란 살아보니 커피보단 짬뽕 국물 같은 것이었지만.

3M 테이프로

마감할 수밖에 없었던

그거 알아? 비행기를 만들 때 테이프와 커터칼도 쓴다는 거. 아이들이 동네에서 날리는 모형 비행기가 아니라 사람들을 태우고 하늘을 나는 진짜 항공기 말이야. 처음엔 그게 너무 신기했는데, 점점 그럴 것도 없다는 생각이 들더라. 결국은 세상일이 그런 법인 것 같더라고. 크고 대단해 보이는 일도 실은 그런 시시한 재료와 작은 돌봄들이 있어야 다 굴러간다는 거야.

조립 3반 구석에 앉아 크림빵을 먹다가 그런 생각을 했어.

이게 다
외로워서 그래

너의 마음에는 어쩌면 테이프로 마감할 수밖에 없는 면들이 있었을 거라고. 언젠가 한번은 내가 문을 잡아주지 않아서 너는 운 적이 있었지. 아무튼 사랑하는데 그게 왜 문제냐고 따졌던 걸 후회하고 있어. 지금은 비행기가 용접기나 전동 드릴만으로 만들어지지 않는다는 걸 알거든.

기시감

누가 좋아진다. 예쁘거나 잘생겼거나, 꼭 그런 건 아니더라도 보통은 피상적인 이유로. 다가간다. 밥 한 끼를 먹고 커피 한 잔을 마신다. 영화를 보고 나와서는 그가 좋은 사람인 것을 확신한다. 아무런 근거는 없다. 다만 내 맘에 든 이 사람은 좋은 사람이어야 하고 오늘은 날씨도 좋고 기분도 좋으니 그는 좋은 사람인 것이다.

만남을 시작한다. 들뜬 기분을 타고 처음의 확신은 단단해진다. 거봐, 좋은 사람 맞다니까.

곧 싸운다. 처음부터 있었지만 마치 지금 생겨난 것처럼 느껴지는 단점을 알게 되고 놀란다. 이럴 수가. 이 사람이 틀림없다고 생각했는데. 용납할 수 없는 단점이 마음속에서 몸집을 불린다. 사기당한 기분을 느낀다. 마지막으로 크게 싸운다. 나처럼 순한 사람과 어떻게 싸울 수 있다는 건지 이해할 수 없다고 했었잖아. 근데 너도 똑같네. 넌 진짜 다르다고 믿었는데.

헤어진다. 슬픔에 빠진다. 절친이 제법 뼈 있는 조언을 한다. 이를테면 완벽한 짝 같은 건 없다는. 귀로는 듣고 있지만 일단은 슬프다. 잘못된 만남으로 쌓여온 상처의 마일리지를 생각한다. 지난 연애들이 시간 낭비였다는 걸 알게 해줄 진정한 사랑을 생각한다. 시간이 걸리겠지만 우린 서로를 찾게 될 것이다.

줄 하나를 더 긋고 일상으로 돌아온다. 길을 걷는다. 누군가 옆을 지나간다. 좋아하는 향수 냄새다. 다시 누가 좋아진다.

단어의

무게

며칠 전 독립서점을 갈 일이 있었다. 사장님께 몇 권의 책들을 소개받았는데 『한국요괴도감』과 『서울 미스터리 가이드북』이 그것이었다. 책의 내용이 제목만큼이나 집요하고 깊었다. 저자가 잡지 편집장이기도 한데 그 잡지의 이름이 《THE KOOH》라고 한다.

내 친구 중 하나는 일본어에 능통하다. 따로 말하지 않으면 일본인들도 그가 한국인인 걸 모를 정도라 한다. 일본어를

이게 다
외로워서 그래

잘하게 된 비법을 물으니 어릴 때 일본 만화를 좋아했다고, 정말 그렇게만 답했다. 만화를 얼마만큼 좋아하면 만화 속 언어를 그 나라 사람처럼 할 수 있게 되는 걸까.

나는 살면서 어떤 것도 미치게 좋아해 본 적이 없다. 어릴 땐 나에게 미치게 좋아하는 게 하나도 없다는 것이 맘에 들지 않아 몇 가지를 좋아하는 척도 해봤는데, 지금은 그런 연기조차 옛일이 되었다. 그 시절엔 나처럼 미지근한 애정밖에 가져 본 적 없는 사람들이 던지는 조롱과 수모를 견디며 자신이 사랑하는 것들을 놓지 않았던 '덕후'들이 있었다.

모두가 잊었는지 잊은 척하는 건지 알 수 없지만 우리는 그 시절 참 나빴다. 다수가 관심이 없는 분야에 빠져 있다고 해서 그들을 이상한 사람, 사회적으로 사람들과 어울리는 데 문제가 있는 사람으로 몰았고, 그게 취향 없는 우리들에겐 제법 재미난 놀이였던 것을 기억한다. 시대도 바뀌었다면 바뀌었고 이제 누구도 '덕후'라는 단어를 이전처럼 모욕을 주기 위해서 쓰지 않는다. 그래서, 그렇게 때문에 우린 여전히 나쁘다는 생각이 든다.

떡볶이 덕후, 캠핑 덕후, 마블 덕후. 또 뭐가 있나. 이제 우리는 한 분야에 대한 사랑을 표현하기 위해 덕후라는 단어를 편히 갖다 붙인다. 그 단어 자체가 오명이던 시절에는 단어 근처에도 가지 않으려 했던 우리가 지금의 우리와 같은 우리임을 알고 있다. 어떤 단어의 주인은 그 단어가 지니는 무게를 견뎌온 사람들이라 믿는다. 지금 우리는 그 단어를 훔쳐 쓰고 있다. 이제는 모욕당할 일이 없기에 안전하고 안일하게, 그 독특한 단어를 가져와선 지루한 자신을 치장할 수 있다.

당신은 떡볶이를 얼마나 사랑하는가? 모두가 당신의 식성을 비웃으며 떡볶이 좋아하는 사람은 정상이 아니라고 말해도 그 마음 변치 않을 수 있는가? 나는 덕후라는 말이 이리도 쉽게 쓰이는 것이 슬프다. 이토록 안전한 사랑들에 덕후라니. 시대를 이겨온 사람들에게 미안하지 않은가, 하여.

이게 다
외로워서 그래

만선,

hope

"좋아, 그러면 을지로에서 보는 걸로!" 기욱은 일방적으로 약
속 장소를 정한 뒤 엄지를 척 내미는 캐릭터 이모티콘으로 카
톡을 마무리지었다. 나는 스마트폰을 침대 위로 던지고 무언가
싫은 기분을 느낀다. 아무래도 나가기 싫은 게 아니라 나가도
괜찮은 걸까 가늠하고 있는 나 자신이 싫은 것에 가깝다고, 새
로 산 조던에 발을 꿸 때쯤 확신한다.

희수는 뭘 하고 있을까. 금요일이니 클럽에 갔을까. 그 좋

아하는 걸 한 번도 못 가게 했으니 그럴지도. 크롭티를 입고 춤을 추는 희수를 상상한다. 그 모습을 처음 본 날 우리는 보드카를 물처럼 마셨고 희수는 웃을 때마다 내 팔을 때렸다. 그걸 이제 다른 놈들과 하고 있을까. 그럴 거라고 거의 확신하며, 어쩌면 그러길 바라는 마음으로 을지로역 계단을 올랐다.

"요, 싱글남!" 기욱은 들떠 보이고 성준은 어쩐지 긴장한 눈치였다. "아, 빨리 안 가면 좋은 자리 없다고요." 기욱을 따라 들어선 골목길엔 요즘 핫하다는 노상 포차가 엄청난 수로 자리해 있었다. "이런 데가 다 있구나." 그렇게나 많은 사람이 야외에서 술을 마시는 풍경은 몇 년 전 부산 광안리 수변공원 이후로 처음이었다. 피서지도 아니고 을지로 골목 한가운데에 이런 분위기라니.

"오늘 무조건 합석해야 해. 난 너네랑 마시러 온 거 아니거든." 기욱은 생맥주를 들이켜며 쉬지 않고 주변을 살폈다. 성준은 테이블 아래로 손을 넣은 채 스마트폰만 만졌다. "야, 됐어. 난 호프집이라길래 그냥 동네 포차 같은 건 줄 알았지." 거짓말이다. 나는 기욱의 한잔 찌끄리자는 말의 의미를 처음부터 알고 있었다. 그래도 왠지 모르고 싶었던 이유는 내가 이렇게까지 빨리 희수를 저버리는 새끼라는 걸 인정하기 싫어서인가.

이게 다
외로워서 그래

나는 제 발로 찾아와선 낚인 척 기욱을 원망했다.

"친구 기다리는 거래, 뭔 변명을 해도⋯⋯." 기욱은 멀리 대각선 쪽에 여자들이 앉은 테이블을 다녀와선 투덜댔다. 벌써 세 번, 아니, 네 번째인가. "씨, 여기 겁나 핫하다고 했는데. 분위기 왜 이렇게 EBS임?" 나는 기욱의 어깨 너머로 친구를 기다린다던 여자들이 두 남자와 합석하는 것을 보며 잔을 채웠다. "야, 술이나 먹어."

소주를 입에 털어 넣고 포차 가장자리로 가 담배를 문다. 선 채로 눈앞의 풍경을 본다. 테이블에 앉은 젊은 남자들은 하나같이 주변을 의식하고 있다. 나도 저기 앉아 있으면 저렇게 보이려나. 문득 희수를 떠올린다. 희수는 뭘 하고 있을까. 술기운에 절어, 만약 오늘 희수를 보게 된다면 무슨 변명을 해야 하나 그런 웃기지도 않는 생각에 잠긴다.

요정도 퇴근이
필요하겠지

롯데월드에서 퍼레이드를 봤던 게 2주 전이었던가. 현정은 하늘거리는 블라우스와 쫄쫄이 타이즈를 입고 있던 남자를 기억해냈다. 남자는 공주가 탄 꽃마차를 에스코트하며 지나가고 있었다. 머리엔 깃털 비슷한 걸 꽂은 채로 힘차게 손을 흔들면서. 현정의 맞은편에 있는 가이드라인 맨 앞에 선 꼬마들은 대부분 입을 벌린 채 퍼레이드를 지켜봤다. 아이들에겐 저 남자가 진짜 동화 속 요정으로 보이겠지. 현정은 자신도 퍼레이드 속 사

이게 다
외로워서 그래

람들이 진짜라고 믿었던 때를 떠올렸다. 공주가 장래희망이었던 건 언제까지였나, 잠을 참으며 산타할아버지를 기다렸던 건 몇 살 때까지였나. 한동안 아이들이 그런 걸 믿게 하는 직업도 있는 거구나. 현정은 이제 치열한 생업의 일환으로 느껴지는 남자의 햇살 같은 미소를 지켜봤다.

그리고 오늘, 이태원 클럽 앞에서 우연히 요정을 다시 만난다. 요정은 청재킷을 걸친 채 참이슬 후레시를 병째로 들고 비틀거리고 있다. 현정은 잠시 뜨악했다가 곧 이상한 반가움을 느낀다. 그래, 요정도 퇴근이 필요하겠지. 멀찌감치 서서 낄낄거리는 요정의 표정을 바라본다. 저게 저 남자의 진짜 웃음인가 보다, 한다. 퍼레이드에서 봤던 햇살 같은 미소가 아니라. 쫄쫄이를 입건 사원증을 목에 걸건 누구나 웃어야 해서 웃는 시간이 있는 거겠지. 현정은 남자와 그의 무리를 지나쳐 자주 가던 주점으로 향했다. 나도 퇴근했으니 오늘 치 진짜 웃음을 지어봐야지, 하며.

남의 집으로 가는

치킨 냄새

퇴근길 버스 안으로 치킨 냄새가 들어선다. 바삭하게 튀겨진 후라이드 치킨의 기름 냄새. 동네 치킨집다운 흔한 상호명과 조악한 닭 캐릭터가 그려진 봉투가 키 작은 아주머니의 벌게진 손가락 아래에 걸려 있다. 잠옷 차림의 아이들이 현관으로 달려 나오는 모습을 떠올린다. 한 아이는 앞니 두 개가 없고 둘은 신이 나 돌고래 소리를 낸다. 왜인지 내가 떠올린 모습은 그런 것이다. 저 치킨이 누구에게 가고 있는진 알 수 없지만.

하루 분량의 삶을 치르고 가족들에게 돌아가는 길. 그 길엔 오래된 약속처럼 치킨 냄새가 난다. 그 냄새는 있지도 않은 추억에 나를 포개보게 만든다. 그 냄새를 통해 몰래 아주머니의 삶을 엿보고, 나는 그녀가 내 엄마 같았다가 나 같았다가 한다. 버스 안에서 다 함께 맡는 기름진 냄새. 그건 우리가 모두 우리라는 걸 상기하게 한다. 남의 집으로 가는 그 치킨 냄새는 너도 나도 하루 잘 살아냈다는 안도감이 된다. 남이 먹을 그 치킨은 냄새만으로 포만감이 된다.

너는 이 밤 어디에서

첫눈을 맞고 있을지

반을 접어 한쪽에 고리를 만들고 나머지를 그 안에 쏙 집어넣는 방식. 시작은 늘 그렇게 멋없이 묶여 있던 목도리부터 떠오른다. 그러면 뒤따라 하나둘씩 선명해진다. 1년 내내 신던 낡고 흰 운동화. 붕어빵 봉투를 든 채 벌겋게 얼어 있던 손등. 김 서린 안경알 너머로 휘어지던 눈웃음. 골목길 끝에서 내 이름을 부르던 목소리와 그 입에서 나온 더운 숨이 주홍빛 가로등 아래 구름처럼 흩어지던 모습. 이불 속에 넣어둔 귤의 새콤함. 새

벽 언제라도 일어나 가져다주던 보리차의 시원함. 밤새 반지하 창가 앞에 사북사북 쌓여가던 눈. 그 시절 우리가 함께 보낸 두 번의 겨울.

어떻게 지낼까. 너는 여전히 그 동그란 안경을 쓰고 있을까. 여전히 하얀 손으로 또 누군가의 언 발을 주물러주고 그 사람이 감기에 걸릴까 걱정하며 선한 얼굴을 찌푸릴까. 누군가의 아빠가 되었다면, 그렇다면 정말 다정한 아빠일 테지. 나는 있는지 없는지도 모르는 너의 아이에게 한때는 내 것이었던 너의 다정함을 건네주었다는, 그런 주제넘는 뿌듯함에 젖는다. 그 겨울 내가 그랬듯 너의 사람과 너의 아이도 그 온기 속에 있을 것을 확신하며.

아무것도 몰랐던 시절, 술에 취해 웃고 비틀거리다 입을 맞춘 그날처럼, 첫눈이 내려 잠시 그 목도리를 생각했다. 너는 이 밤 어디에서 이 눈을 맞고 있을지.

살아 있으면 보통은 외로운 것 같다. 그건 어쩔 도리가 없는 듯하다. 확 즐겁거나 바쁠 때는 외로움을 잠시 잊기도 하지만 역시 외롭지 않은 상태는 일시적이고 삶의 제자리는 외로움이다.

유독 외로울 때면 침대에 웅크리고 누워 스마트폰으로 글을 썼다. '외로우니까 글을 써야지'라는 자각은 없었다. 쓰고 있던 시간들을 돌아보니 대개는 외로움이 짙었던 밤이었다.

글이라는 게 쓰고 있어도 내가 뭘 쓰고 있는 건지 모를 때

216

가 있다. 이런 걸 이렇게 써보자 마음먹고 시작해도 뜻대로 쓰이지 않을 때가 종종 있다. 그럴 땐 내가 글을 쓰는 게 아니라 글이 자기 혼자 멋대로 쓰이고 있다는 느낌도 든다. 혹은 나 대신 누가 쓰고 있다거나. 그런 글은 다 쓰고 나서 읽어보면 대개는 외로움에 관한 이야기다. 사람을 유심히 관찰했던 것도, 일상적인 대화 속에서 의미를 건지려 했던 것도, 이 자리 저 자리 기웃거리며 술잔을 기울였던 것도 끝에 가면 다 외로워서다. 결국 외로움이 대필해 준 글들이 꽤 모였고, 그게 이 책의 시작이 되었다.

모두가 외롭다. 가족, 친구, 연인이 있어도 다르지는 않다. 사실 그런 건 외로움과 별 관계없는 게 아닌가 싶다. 이만큼 살아보니 그렇다.

당신도 어딘가에서 외로울 거라 생각하면 마음이 놓인다. 타인이 힘든 걸 위안 삼으면 안 된다고들 하는데, 나는 여태 살면서 나만 이런 게 아니라는 사실보다 확실한 위로를 발견한 일이 없다. 외롭다는 건 힘든 일이라기보다는 그저 삶 위에 당연하게 놓인 사실이라는 생각도 들고.

그래, 외로움은 어쩔 도리가 없다. 다만 모두가 여기서 함께 외롭다. 그게 우리가 쥐고 살아가야 할 유일한 위안이라고 믿는다.

1월 1일이 되면 서로 아무 관계도 없는 사람들이 전부 동시에 한 살씩 먹는다는 사실이 나에게는 이상하게 정겹다. 그와 비슷하게 다들 외롭다는 사실을 상기한다. 그러면 마음이 좀 괜찮다. 이 책을 읽는 당신의 마음도 괜찮았으면 좋겠다.

2022년 겨울, 오마르

이게 다 외로워서 그래

초판 1쇄 발행 2022년 11월 30일
초판 2쇄 발행 2023년 1월 9일

지은이 오마르
펴낸이 김선식

경영총괄 김은영
기획편집 이상화 **본문디자인** 이은혜 **책임마케터** 배한진
콘텐츠사업2팀장 김보람 **콘텐츠사업2팀** 이은혜, 박하빈, 이상화, 채윤지
편집관리팀 조세현, 백설희 **저작권팀** 한승빈, 김재원, 이슬
마케팅본부장 권장규 **마케팅3팀** 권오권, 배한진
미디어홍보본부장 정명찬 **디자인파트** 김은지, 이소영 **유튜브파트** 송현석
브랜드관리팀 안지혜, 오수미 **크리에이티브팀** 임유나, 박지수, 김화정
뉴미디어팀 김민정, 홍수경, 서가을
재무관리팀 하미선, 윤이경, 김재경, 안혜선, 이보람
인사총무팀 강미숙, 김혜진
제작관리팀 박상민, 최완규, 이지우, 김소영, 김진경, 양지환
물류관리팀 김형기, 김선진, 한유현, 민주홍, 전태환, 전태연, 양문현, 최창우
외부스태프 표지디자인 어나더페이퍼

펴낸곳 다산북스 **출판등록** 2005년 12월 23일 제313-2005-00277호
주소 경기도 파주시 회동길 490
대표전화 02-704-1724 **팩스** 02-703-2219 **이메일** dasanbooks@dasanbooks.com
홈페이지 www.dasanbooks.com **블로그** blog.naver.com/dasan_books
종이 IPP **인쇄** 민언프린텍 **코팅 및 후가공** 평창피앤지 **제본** 다온바인텍
ISBN 979-11-306-9523-5 (03810)